ESKORIA

ALFREDO GÓMEZ CERDÁ

De parte del Departamento de Lengua y Literatura Castellana, como recompensa por tu exitosa participación. Que la lectura te engrandezca, te acompañe y te aporte mucha felicidad.

Un abrazo

sm

LITERATURASM•COM

Primera edición: agosto de 2006
Decimoséptima edición: febrero de 2017

Gerencia editorial: Gabriel Brandariz
Coordinación editorial: Berta Márquez
Coordinación gráfica: Lara Peces
Cubierta: Julián Muñoz

Impresores, 2
Parque Empresarial Prado del Espino
28660 Boadilla del Monte (Madrid)
www.grupo-sm.com

ATENCIÓN AL CLIENTE
Tel.: 902 121 323 / 912 080 403
e-mail: clientes@grupo-sm.com

ISBN: 978-84-675-8412-7
Depósito legal: M-31810-2015
Impreso en la UE / *Printed in EU*

1

Bird

Nada más girar la llave dentro de la cerradura y empujar ligeramente la puerta, tuvo la certeza de que no había nadie en casa. No solo se lo revelaba la ausencia de ruidos, que era evidente, sino algo más complejo e intangible. Había llegado a pensar que se había desarrollado en él un sentido especial, que posiblemente nada tenía que ver con los conocidos, o que, por el contrario, los englobaba a todos a la vez. Por eso, creía que podía percibir la presencia o ausencia de sus padres antes incluso de entrar en la casa. Aunque existían otras explicaciones, prefería atribuirlo a una capacidad misteriosa y desconocida que se había desarrollado en su mente.

«No hay nadie», se dijo. Y como si quisiera cerciorarse, preguntó en voz alta:

–¿Hay alguien?

Al no recibir contestación, sonrió satisfecho. Su intuición, una vez más, no había fallado.

Se dirigió hacia su habitación y dejó la mochila sobre la cama. Luego se acercó a la mesa de escritorio y sacó de un bolsillo del pantalón el teléfono móvil y del otro un sobre muy arrugado, como si hubiera sido estrujado con premeditación. Colocó ambas cosas sobre el tablero, al lado del ordenador. Su vista no pudo apartarse de ellas durante unos segundos. Se mordió los labios hasta hacerse daño y contuvo una rabia que le salía de lo más profundo de su ser.

Finalmente, consiguió apartar la mirada de la mesa y respiró varias veces en profundidad, tratando de recobrar la calma, que era el estado donde mejor se desenvolvía. Sabía que lo más importante era ser fuerte, muy fuerte, más fuerte que los demás, más fuerte que todos juntos. Solo así podría resistir. Y ser fuerte pasaba necesariamente por no perder nunca la calma.

Se quitó los zapatos y los colocó bajo la cama, de donde sacó también unas zapatillas amplias y cómodas. Colgó la cazadora en una percha y la guardó en el armario. Luego se sentó sobre el colchón y, como si fuera la primera vez que la veía, observó detenidamente su habitación. Le sorprendió lo ordenada que estaba: no había nada tirado, y cada cosa parecía ocupar el sitio exacto que le correspondía. No necesitaba buscar ninguna explicación, pues de sobra sabía que solo él era el responsable de aquel orden. Quizá sus padres le habían enseñado a ser ordenado desde pequeño, pero lo cierto era que se sentía a gusto así. Además, le parecía más cómodo y práctico ser ordenado. De esta forma siempre localizaba lo que quería y no perdía tiempo en búsquedas absurdas e infructuosas.

Recordaba habitaciones de algunos compañeros que más bien parecían leoneras, donde reinaba el desorden más absoluto, donde la ropa estaba desparramada por las sillas, la cama y el mismísimo suelo; donde las paredes estaban recubiertas de carteles de jugadores de fútbol, de cantantes clónicos, de dibujos manga, de recortes de revistas, de medallas ganadas en alguna competición deportiva; habitaciones con los armarios abiertos, donde la ropa y los más diversos objetos se disputaban el espacio a puñetazo limpio; habitaciones donde solo había libros de texto y música pirateada por ordenador; habitaciones donde olía a pies y a sudor, a pesar de que todas las semanas cambiasen las sábanas de la cama.

Pensó entonces que a lo mejor ese era el motivo de todo lo que le estaba ocurriendo, y que la solución era mucho más sencilla de lo que imaginaba: bastaría con convertir su ordenada habitación en una leonera. Tendría que descolocar todo el armario, tapizar las paredes con carteles de cosas que le resultaban indiferentes, renunciar a esa estantería abarrotada de libros y meter su colección de discos en una caja y bajarla al trastero. Luego, podría entretenerse colgando los calzoncillos de la lámpara o los calcetines sucios del pomo de la puerta. Eso sí: tendría también que renunciar a pensar, a razonar, a reflexionar... ¿Por qué esa manía suya de analizar todas las cosas y, sobre todo, esas cosas que nada tenían que ver con lo cotidiano? ¿Por qué no se pasaba las horas mirándose el ombligo, como los demás? ¿Por qué no se limitaba a reventarse espinillas delante del espejo y, de paso, observaba si el último *piercing* había quedado en el sitio que deseábamos?

A veces no ansiaba nada tanto como sentirse uno más, como pasar desapercibido en medio de un grupo de chicos y chicas de su edad. Lo deseaba de verdad, con todas sus fuerzas. Vestir la misma ropa, aunque le resultase incómoda y hasta ridícula; hablar la misma jerga, aunque con ella no pudiese explicar ni la mitad de las cosas que sentía; beber los fines de semana los mismos combinados, aunque acabase vomitando abrazado al tronco de un árbol; dejarse martillear los oídos por esa música que salía de los enormes altavoces de un coche con el maletero abierto... En definitiva, dejarse llevar, dejarse llevar, dejarse llevar... No le importaba que esa corriente impetuosa acabase con su propia personalidad, con sus principios, con sus ideas, con sus gustos... No le importaba. Había ocasiones en que no le importaba.

Pero siempre que le asaltaban estos pensamientos, cada vez con más frecuencia, su mente acababa rebelándose.

Tenía la sensación de que una voz misteriosa le gritaba dentro de su cerebro y le reafirmaba en sus convicciones. Porque él –y sabía que esto le diferenciaba de la mayoría– tenía convicciones. Y notaba que esas convicciones crecían dentro y se hacían fuertes y sólidas. Eran esas convicciones las que le estaban haciendo de una forma y no de otra. Pero a su edad... ¿merecía la pena tener convicciones propias?

Se levantó de la cama y se dirigió a los estantes donde tenía colocados sus discos. Sus padres eran grandes aficionados a la música, sobre todo a la música clásica, aunque sin desdeñar otros tipos de música. Por eso, junto a Bach, Mozart, Beethoven, Tchaikovsky, no faltaban en su casa grupos de *rock and roll,* ni música *folk*, ni cantautores, ni música étnica, ni *blues...*

Desde que tenía uso de razón, se recordaba escuchando música en compañía de sus padres y recordaba cómo ellos trataban de explicarle la cantidad de sensaciones que pueden flotar en el aire, con los sones de una melodía, y cómo esas sensaciones pueden llegar a nosotros y penetrar en nuestro cuerpo a través de los sentidos. Pueden emocionarnos, hacernos vibrar, conmovernos enteros, volvernos más sensibles y, en definitiva, más humanos.

La música ya formaba parte de él y estaba seguro de que le acompañaría siempre. Si algo tenía claro en la vida era que, hiciera lo que hiciese, siempre escucharía música.

A partir de los seis años, además del colegio, comenzó a ir a una academia con el fin de explorar sus aptitudes musicales. Allí, a lo largo de los años, había comprendido que nunca llegaría a ser un virtuoso de algún instrumento y que como mucho llegaría a tocar alguno de forma mecánica, sin la inspiración ni el talento necesarios. El hecho de que le gustase la música no quería decir que tuviera cualidades para desarrollarla. Cuando consiguió entender eso, no se llevó un disgusto, ni mucho menos, sino que sintió un gran alivio, porque en realidad nunca había tenido vocación de músico. Se autoproclamó aficionado a la música y aceptó ese papel con muchísimo agrado. Incluso, hacía dos años que había dejado la academia, pues cuando pasó del colegio al instituto se dio cuenta de que debería dedicar más tiempo a los estudios.

Aunque la colección grande de música –esa de la que se ufanaban sus padres– estaba en el salón, él se había ido haciendo su pequeña colección. Y su colección tenía una característica fundamental: casi todos los discos eran de jazz.

Y es que de todas las músicas que le habían acompañado desde que era un bebé y sus padres lo acunaban, era el jazz la que más le había emocionado. ¡El jazz! Esos ritmos nacidos de los cantos de los antiguos esclavos negros llevados a América que trabajaban de sol a sol en las grandes plantaciones: cantos de añoranza por todo lo perdido, cantos de resignación y de rabia. Cuando esos cantos acabaron encontrándose con los instrumentos musicales del hombre blanco –la trompeta, el saxo, el contrabajo, el piano...–, se convirtieron en el origen de una nueva y apasionante forma de hacer música.

Recordaba que el curso anterior había preparado un trabajo sobre el jazz. Todos los alumnos tenían que hacer un trabajo sobre algún aspecto cultural del siglo XX. Él eligió el jazz y, como a la profesora le pareció un tema muy interesante y le animó mucho a desarrollarlo, se volcó de lleno. El resultado fue que sacó la nota máxima en el trabajo y la profesora se empeñó en que lo expusiera en público, acompañado además por algunas audiciones de músicos importantes. Él se negó al principio, pues no le apetecía hablar en público, sobre todo ante sus propios compañeros, a los que el jazz les importaba un bledo.

Presionado por la profesora, al final lo hizo. Y muchas veces desde entonces pensó que ahí comenzó todo. Desde ese momento dejó de ser el alumno que siempre había sido y se convirtió en lo que era en la actualidad; y prefería no pensar en lo que era en la actualidad.

En su exposición se centró en varios músicos que le gustaban especialmente, pero quizá hizo mayor hincapié en el gran Charlie Parker, el genio indiscutible del jazz. Como mera anécdota, contó que este músico era conocido por el mote de *Bird* (pájaro). Recordaba que nada más pronunciar esta palabra en inglés, se produjo un murmullo en la clase y todos comenzaron a decirse cosas en voz baja. La profesora consiguió recuperar el silencio, pero nadie evitó que desde aquel día toda la clase empezase a llamarle de manera absurda *Bird*.

Y no le hubiese importado mucho que lo llamasen igual que a uno de sus ídolos musicales, de no ser por todo lo que vino a continuación.

¡Bird!

Ni Charlie Parker ni él tenían cara de pájaro. En una ocasión estuvo indagando hasta que descubrió de dónde procedía ese mote y lo que quería decir. En la jerga militar estadounidense se llamaba *bird* al que se mostraba rebelde y se negaba a acatar las normas de buenas a primeras. *Bird,* por tanto, quería decir «rebelde». Pensó que al gran músico le cuadraba muy bien ese apodo, pero... ¿qué tenía él de rebelde?

Si algo se reprochaba últimamente era precisamente lo contrario: su pasividad, su falta de reacción, su sumisión, su cobardía... Atributos muy alejados de las características de un verdadero rebelde.

Cogió un disco de Charlie Parker. Abrió la caja de plástico y se quedó mirándolo un rato. A continuación lo introdujo en su equipo de música y lo conectó. Era una grabación antigua, de 1947, con todos los defectos y todos los encantos de un viejo disco. Tras una brevísima introducción de la batería, el saxo prodigioso de Charlie Parker llenó la habitación con un ritmo muy vivo, trepidante, que enseguida encontró réplica en el piano de Errol Garner. Los dos músicos mantenían un diálogo increíble a través de la música. ¿Qué se estarían diciendo? Sabía que siempre existen eruditos que se encargan de buscar interpretaciones para la música; sabía que incluso él mismo podía dar una interpretación a aquellos sones. Pero estaba seguro de que lo que pasaba por las cabezas de Charlie y Errol mientras interpretaban aquella pieza solo ellos podían saberlo. Él debería limitarse a escuchar y a dejar volar su imaginación. Se trataba de una pieza llamada *Bird's Nest* y, curiosamente, fue descartada en su día para formar parte de un disco.

Escuchó el resto de las canciones tumbado sobre la cama. Y si siguió con atención los primeros temas, durante los últimos su mente retornó a lugares cotidianos. Quizá por eso, nada más terminar la música, se levantó de la cama, se sentó frente al ordenador y lo conectó de inmediato. Observó el teléfono móvil y el sobre arrugado que él mismo había dejado allí al llegar a casa.

En cuanto el ordenador estuvo preparado, se conectó a Internet y enseguida se dirigió a su correo electrónico. Había vuelto a tener una certeza, parecida a la que había experimentado al entrar en casa e intuir que no había nadie en ella. Ahora, por el contrario, estaba seguro de que habría un correo sin abrir dirigido a él.

Cuando salió la pantalla, comprobó que su intuición no había fallado. Había en realidad cuatro correos sin abrir. Tres de ellos estaban en la bandeja que recoge esa basura tan frecuente en la red, pero el cuarto se encontraba en la bandeja de entrada. El remitente sin duda había preferido permanecer en el anonimato y se había ocultado tras un galimatías de números y letras combinados sin aparente orden ni sentido. El texto del correo era en realidad una sola palabra, escrita con letras mayúsculas y a un tamaño algo mayor del habitual: ESKORIA.

A continuación cogió el teléfono móvil, que había dejado al entrar sobre la mesa al lado del sobre arrugado. Se fue directamente al menú, y desde allí a los mensajes. Quería revisar el último que había recibido, minutos antes de llegar a su casa. Había sentido los zumbidos del aparato avisándole del mensaje, pero había preferido no cogerlo en la calle, pues intuía que podían estar vigilándolo. Y el simple hecho de detenerse un minuto, de sacar el teléfono del bolsillo y de leer el mensaje, solo serviría para darles mayores motivos de burla. El mensaje había sido enviado desde un número oculto y constaba de una sola palabra, escrita con letras mayúsculas: ESKORIA.

Por último, agarró el sobre y lo alisó sobre el tablero de la mesa. No tenía remite y solo estaba escrito su nombre con gruesos trazos de rotulador. El hecho de que no estuviera la dirección significaba que alguien lo había introducido en persona dentro de su buzón. Lo abrió y sacó una hoja de un bloc cuadriculado. En ella, con el mismo rotulador y la misma letra, habían escrito una sola palabra: ESKORIA.

Hizo pedazos el sobre y la hoja de papel antes de tirarlos a la papelera. Borró el mensaje del teléfono móvil y borró también el correo electrónico del ordenador. Sabía que no serviría para nada, pero le hacía mucho daño ver esa palabra escrita en todas partes, como si lo estuviese persiguiendo.

Antes de desconectar el ordenador, abrió un diccionario y buscó la palabra «eskoria». Aunque sabía que no la encontraría con k, la escribió de esta manera. Solo cuando el ordenador le dio el aviso de que aquel término era desconocido, tecleó la palabra correctamente.

Escoria. f. Residuo esponjoso que queda tras la combustión del carbón. || fig. Cosa o persona vil, despreciable, de ningún valor o estimación.

Cuando le llamaban así era evidente que no se referían al residuo esponjoso que queda tras la combustión del carbón.

Leyó varias veces la segunda acepción y comenzó a sentir un nudo en la garganta y una opresión muy fuerte en el pecho. Le estaban llamando persona vil, despreciable, de ningún valor o estimación.

Por enésima vez se repitió la misma pregunta, tan elemental como misteriosa: ¿por qué?

Volvió a pensar en el instituto, en los compañeros, en las clases, en los recreos, en los barullos de la entrada y la salida, en los profesores, en las asignaturas, en la cafetería, en los pasillos tan largos, en los servicios, en el gimnasio, en las conversaciones, en los gritos, en los escupitajos, en los empujones, en las zancadillas...

–¿Por qué? –se preguntó en voz alta.

Se levantó y, nervioso, comenzó a dar vueltas por la habitación. Esta vez lo habían conseguido. Habían logrado que perdiera la calma. Le habían hecho daño, mucho daño, porque «escoria» significa persona vil, despreciable, de ningún valor o estimación. Y él podía sentirse cualquier cosa menos eso.

–¿Por qué no me dejan en paz? –continuó hablando en voz alta–. ¿Qué tengo que hacer para que me dejen en paz? Que me llamen *bird,* que me llamen eskoria, que me llamen como quieran; pero que me dejen en paz.

Justo cuando notó que el nudo se deshacía en su garganta y estallaba en un borbotón de lágrimas que rebasaba el límite de sus párpados, escuchó el ruido de la puerta de la calle. Eran sus padres.

–¡Diego...! –oyó la voz de su madre.

Buscó algo con que secarse las lágrimas y solo encontró el pijama bajo la almohada. Se restregó con él la cara intentando borrar las huellas del llanto.

–No soy Diego –dijo en voz baja–. Ya no soy Diego. Desde hoy me llamo Eskoria, con k de kilo.

–¡Diego...!

–Me llamaré Eskoria y espero que así me dejen tranquilo.

–Diego, ¿estás en tu habitación?

–Sí, mamá.

Volvió a colocar el pijama debajo de la almohada y, ya repuesto, salió de su cuarto. Sus padres acababan de volver del supermercado y estaban en la cocina colocando las cosas que habían comprado.

–¿Qué hacías?

–Trataba de averiguar lo que se decían Charlie Parker y Errol Garner en una canción.

–¿Y lo has averiguado? –preguntó su padre.

–No.

2

Diego

Nunca había apreciado tanto los fines de semana como lo hacía últimamente. Cuando el viernes llegaba a casa a mediodía, se deleitaba pensando que tenía por delante toda la tarde, más el sábado y el domingo. Lo malo era que cada vez con mayor frecuencia pensaba en el lunes, en el inevitable lunes, el fatídico día en que tenía que regresar al instituto y encontrarse con ellos, soportarlos, padecerlos. Ese recuerdo del lunes conseguía cada vez con mayor frecuencia amargarle el tiempo del fin de semana.

Al principio, había conseguido evadirse por completo. Se centraba en sus cosas, en su mundo, y se abstraía de la realidad. Pero a medida que pasaba el tiempo le costaba más trabajo hacerlo. En parte, porque el tema estaba empezando a convertirse en una verdadera obsesión; en parte, también, porque el acoso cada vez se hacía mayor. Una cosa llevaba inevitablemente a la otra.

Había llegado a pensar en enfrentarse a ellos, a todos a la vez; pero no verbalmente, pues se trataba de una panda de descerebrados para los que dialogar era algo tan desconocido como el hombre de Atapuerca. Enfrentarse físicamente a ellos. Escupirlos cuando ellos lo escupían, insultarlos cuando ellos lo insultaban, empujarlos cuando ellos lo empujaban, golpearlos cuando ellos lo golpeaban. Sabía que la pelea sería desigual y que recibiría una paliza de campeonato. Pero no le importaba. Pensaba que era la única forma de desenmascararlos. Si le partían la cara, si le pateaban el cuerpo, si lo arrastraban como a un animal, alguien tendría que tomar cartas en el asunto.

Siempre que pensaba en esta posibilidad, de inmediato reflexionaba y su mente razonadora y lúcida le decía que existían otras posibilidades mucho más prudentes, como denunciarlos. Pero denunciarlos... ¿a quién? ¿A los profesores del instituto, que era donde tenían lugar la mayor parte de las agresiones? Dudaba que los profesores se tomasen muy en serio el asunto y, si lo hiciesen, la situación podía volverse peor, pues entonces ellos ya tendrían un motivo claro y contundente para atacarlo y se creerían con todo el derecho del mundo para hacerlo.

Se sentía en un verdadero callejón sin salida y solo confiaba en que, por el mismo motivo que lo habían elegido a él como blanco de sus burlas y vejaciones, se cansaran y lo dejaran en paz, aunque otro tuviera que pagar las consecuencias.

Se miraba a menudo en el espejo. A veces vestido, a veces desnudo. Vestido, analizaba su ropa, tratando de descubrir alguna prenda que le sentase mal y le diese un aspecto grotesco que pudiera mover a la burla. Desnudo, trataba de encontrar alguna imperfección notoria de su cuerpo, algo que llamase la atención y pudiera ser motivo de comentarios y risas. Pero después de observarse minuciosamente, llegaba a la conclusión de que su cuerpo y su aspecto eran normales y corrientes, como los de la inmensa mayoría. Incluso, puestos a comparar, era de los más altos y mejor proporcionados, y guapo, que ya había oído comentarios de alguna chica al respecto. Estas cosas le hacían pensar que el motivo del escarnio y de las humillaciones no se encontraba en su aspecto físico, sino en su interior, lo que complicaba mucho las cosas, porque en realidad desconocía la causa que había desencadenado la situación que estaba viviendo.

Aunque siempre había tenido gran confianza con sus padres, con los que había hablado de cualquier asunto que le preocupase o suscitase su interés o curiosidad, no había sido capaz de contarles nada. Y era otra de las cosas que más a menudo se reprochaba. ¿Por qué no sacaba el tema cuando estaban juntos? Sería muy fácil hacerlo, pues ellos le preguntaban a menudo por el instituto. Estaba seguro de que sus padres no iban a mostrarse indiferentes ni se quedarían de brazos cruzados.

Pero había algo que siempre lo detenía. Una mezcla de muchos sentimientos encontrados: temor, vergüenza y una sensación irritante de no ser capaz de solucionar el problema por sí mismo.

Desde muy pequeño, sus padres siempre le habían animado para que resolviese por sí mismo sus problemas. Eso se tradujo en que había aprendido a desenvolverse perfectamente en situaciones que otros muchachos de su edad ni siquiera habían vivido. Por ejemplo, no necesitaba a sus padres para hacer la matrícula en el instituto ni para cualquier trámite administrativo que surgiera. Tampoco los necesitaba para comprarse su propia ropa, administrando el dinero que le daban para tal fin. Ni siquiera necesitaba que lo acompañaran al médico, y las últimas veces que había tenido que ir lo había hecho solo. Esta circunstancia le había hecho coger seguridad y confianza en sí mismo, y sabía desenvolverse con soltura.

Pero esa seguridad y esa desenvoltura desaparecían en cuanto traspasaba el umbral de la puerta del instituto. Y era algo que no siempre había ocurrido. Cuando era más pequeño, tenía muchos amigos con los que jugaba incansablemente, con los que quedaba fuera de clase, con los que compartía todo, con los que se reía por nada... Pero aquellos tiempos, más relacionados con su infancia, parecían estar ya muy lejanos, como si hubieran quedado anclados en otra vida que nada tenía que ver con la que estaba viviendo.

Le obsesionaba descubrir cuál había sido el punto de partida. Pero por más que lo pensaba no conseguía saberlo. Había tenido que aceptar que en realidad no existía ningún hecho concreto que marcase el comienzo, no existía ninguna justificación, ningún motivo. A menudo pensaba en la charla que tuvo que dar el curso anterior sobre Charlie Parker y el jazz, cuando empezaron a llamarlo despectivamente *Bird,* pero sabía que aquel hecho solo se había sumado a otros más, produciendo un efecto catarata. ¡Catarata! Esa era la sensación más clara que experimentaba: una impetuosa catarata que se le venía encima y de la que le resultaba imposible escapar. Además, ni siquiera era capaz de encontrar un mísero paraguas con el que protegerse un poco.

¿Dónde estaban sus amigos de la infancia, del colegio, aquellos con los que tantas horas había pasado compartiendo todo? De algunos se había distanciado en el momento en que entró en el instituto, pues habían continuado estudiando en colegios privados. Los veía de vez en cuando por la calle y se paraban unos segundos para saludarse. Habían cambiado mucho: ya no eran niños, habían crecido y se habían desarrollado como él. Cruzaban cuatro palabras y se despedían.

Pero otros estaban en el instituto, incluso en su misma clase. Y aunque ninguno participaba directamente de las burlas, todos se mostraban indiferentes, como si pensasen que en el fondo se lo tenía merecido. Ninguno trató de defenderlo, y estaba convencido de que a sus espaldas también le llamarían *Bird* y se reirían.

Recordaba una tarde en que Salva, al que conocía desde la guardería, lo llamó a voces. Cruzó la calle para encontrarse con él. Lo acompañaba un grupo de chicos y alguna chica, la mayoría del instituto, y no dejaba de botar un balón de reglamento.

–¿Te vienes a jugar un partido? –le preguntó.

–¿De fútbol?

–¿De qué va a ser?

–No sé jugar.

–No hace falta saber –insistió Salva–. Solo hay que dar patadas al balón hasta que entre en la portería.

–Es que... no me gusta el fútbol.

Entonces se acercó a él uno de los chicos, de pelo largo y muy rizado, lo que le daba un aspecto afro. Lo miró sorprendido y le preguntó:

–¿No te gusta el fútbol?

–No.

–Pero si el fútbol es como un huevo frito, que gusta a todo el mundo. Y entonces... ¿no eres de ningún equipo?

–No.

–Pues sí que eres raro.

Salva y los demás reemprendieron la marcha y él se quedó unos segundos observándolos. Pensaba en las últimas palabras del chico del pelo rizado. ¿Era raro? Y si lo era... ¿por qué motivo? Quizá lo fuese porque no le gustaba el fútbol y no había querido jugar con ellos un partido. ¿Pero era ese un motivo para considerarse raro?

Desde entonces, muchas veces se había reprochado no haber jugado aquel partido, no haber corrido de un lado para otro del campo, detrás del balón, dándole un puntapié cuando hubiera tenido ocasión. Él no era un enclenque y siempre destacaba en las clases de Educación Física. Estaba en forma. Podía correr como el que más, incluso mucho más que la mayoría. Incluso podía haber metido un gol y haber gritado con todas sus fuerzas, saltando y cerrando los puños:

–¡¡¡Gol!!!

Había llegado a obsesionarle este hecho, pues de alguna manera había servido para granjearle fama de raro, de diferente, de extraño. Podía haber buscado otra excusa, cualquier pretexto, y aquel grupo se hubiera dado por satisfecho. ¿Por qué tuvo que decirles que no le gustaba el fútbol, aunque esa fuera la verdad? Estaba seguro de que ellos lo habrían comentado después y de que, incluso, habrían corrido la voz:

–A Diego no le gusta el fútbol y ni siquiera tiene un equipo preferido.

¿Era un delito que no le gustase el fútbol y no ser hincha de un equipo? A él no se lo parecía, pero con el tiempo había llegado a barajar la posibilidad de comprarse una camiseta de un equipo, con el nombre de un famoso jugador estampado en la espalda, y presentarse con ella en el instituto, como hacían otros. Lo había pensado muchas veces, sobre todo cuando las cosas empezaron a complicarse. Pero en el momento actual sabía que ya no serviría para nada. Las cosas no es que se hubiesen complicado, es que habían llegado a un extremo insoportable; por eso, un acto como aquel solo serviría para acrecentar aún más las burlas despiadadas.

Así pues, pensaba una y otra vez Diego, la causa pudo ser aquella charla sobre Charlie Parker y aquella negativa a jugar un simple partido de fútbol.

Pero cuando creía haber descubierto el motivo, un nuevo recuerdo asaltaba su mente.

Mario, otro de los amigos de toda la vida, se presentó un día en el instituto con una motocicleta. Se la acababan de comprar sus padres por su cumpleaños. A la salida se organizó un revuelo en torno a la moto. Todos querían verla y tocarla. Mario se sentía como un reyezuelo mostrando los mandos del aparato e incluso se prestó a dar una vuelta a la manzana a algunos que se lo pidieron, sobre todo a las chicas.

Él se había retrasado unos minutos, pues había pasado por la biblioteca para devolver un libro, y cuando salió del centro se detuvo un momento junto al corro que rodeaba la moto y miró con curiosidad. Mario lo vio enseguida.

–Diego, mira –le dijo.

Se acercó despacio y Mario, orgulloso, le mostró la moto.

–La acabo de estrenar. ¿Qué te parece?

–Bien –Diego se encogió de hombros.

Mario movió con decisión los mandos del manillar y el pequeño motor de la motocicleta comenzó a rugir con gran estrépito. Como si se tratara de una señal que estuvieran esperando, todos comenzaron a gritar, contagiados del estruendo.

–¿Te gusta? –volvió a preguntarle Mario.

–Mete mucho ruido –respondió Diego.

–Mete ruido porque yo quiero que meta ruido. Así me gusta, que suene bien fuerte.

–A mí me gusta el silencio.

Mario aminoró el motor y todos se quedaron mirando durante unos segundos a Diego. En sus rostros se reflejaba el mismo gesto, que era una mezcla de extrañeza y de guasa. No obstante, Mario insistió:

–¿Quieres que te lleve a casa?

–No, déjalo. Iré andando.

Se alejó del grupo escuchando a sus espaldas un montón de comentarios. Eran tantos, y todos dichos a la vez, que no podía entender ninguno, aunque se los imaginaba. La motocicleta de Mario volvió a rugir y los acalló todos a la vez.

Desde entonces se había reprochado muchas veces su actitud y sus palabras. Era verdad que no le atraían las motocicletas, pero ¿por qué no había dejado que Mario lo llevase a casa? Eso le hubiese vuelto distinto a los ojos de los demás. ¿Y por qué además había tenido que decir delante de todos que a él lo que le gustaba era el silencio?

Era cierto que le gustaba el silencio. Había constatado, como muchas otras personas, que vivimos en una sociedad ruidosa, una sociedad absurda que ha hecho del ruido su esencia, su característica y su forma de ser. Una sociedad que ya no podría vivir sin el ruido, o que en el mejor de los casos tendría que volver a aprender a vivir sin él.

¿Por qué no se había limitado a pensarlo y había mantenido la boca bien cerrada? ¡Con lo fácil que le hubiera resultado! Pero en aquel momento ni siquiera pensó en las consecuencias, y ese hecho sin aparente importancia también sirvió para difundir su fama de raro.

Y si seguía pensado en ello, acudían a su mente otros hechos que en su momento le pasaron desapercibidos. Algunos no dejaban de ser meras anécdotas, pero estaba convencido de que también contribuyeron. Por consiguiente, la única explicación que encontraba era que no fue un hecho concreto el que desencadenó todo, sino una serie de pequeños acontecimientos y circunstancias, que ya nunca podría enmendar, aunque quisiera.

Una charla sobre el gran Charlie Parker.

Una negativa a jugar un partido de fútbol.

Una defensa del silencio entre los rugidos de una motocicleta.

¿Cuántas cosas más podría añadir? Seguramente varias. Pero... ¿esas cosas eran motivo suficiente para desencadenar lo que habían desencadenado? Diego estaba seguro de que no lo eran. Ni una a una, por separado, ni todas juntas. Del mismo modo que él respetaba a los demás, los demás deberían respetarlo a él, con sus gustos o incluso con sus extravagancias. En eso consistía la libertad.

¡Libertad!

Era consciente de que la mayor pérdida que había experimentado desde que todo comenzó había sido esa: la libertad. Su libertad. Por supuesto, la pérdida de la libertad conllevaba la pérdida de otras cosas muy importantes: la dignidad, el orgullo, la confianza, la integridad... Era una cadena terrible en la que cada eslabón estaba forjado con una parte importante de sí mismo.

Tendría que recobrar la libertad para volver a ser él mismo y para mostrarse como tal a los demás. Pero recobrarla le parecía tarea imposible. No vislumbraba un camino, un resquicio, una pequeña luz... ¡Nada! Ninguna posibilidad. Estaba dentro de un callejón sin salida en el que quizá él mismo se había dejado meter por haber cometido un delito tan grave como ser uno mismo. A un lado, un muro muy alto, de ladrillo, macizo, infranqueable; al otro lado, otro muro, compacto, formado por un grupo de muchachos de su edad, también infranqueable. ¿Qué hacer? ¿Contra qué muro prefería golpearse? ¿O sería mejor permanecer inmóvil, sentarse en el suelo, doblar las piernas y enterrar la cabeza entre las rodillas?

También podía gritar desesperadamente. Pedir socorro, ayuda, auxilio. Alguien tendría que oírle. ¿Los profesores? ¿Sus padres? ¿Incluso la policía? Pero quizá eso era lo que los otros estaban esperando de él para de esta forma redoblar sus ataques. Sabía que si buscaba ayuda iba a proporcionarles más motivos para que siguieran martirizándolo sin piedad. Desde entonces lo harían pensando que estaban cargados de razón y que su víctima era solo un ser vil digno de todo desprecio, alguien que no había dudado en traicionarlos, en delatarlos, en descubrirlos. Se convertiría de este modo en un maldito chivato y eso podría justificar las mayores atrocidades.

Un callejón sin salida, sí, pero además estaba atado de pies y manos y con una fuerte mordaza en la boca. ¿Qué hacer? Solo cerrar los ojos y esperar.

Recordó que era viernes por la tarde y que tenía un largo fin de semana por delante. Una tregua. Eso sí, no debía leer los mensajes que llegasen a su teléfono móvil ni tampoco abrir los correos electrónicos. Podría encontrarse con sorpresas muy desagradables. También tendría que vigilar el buzón de correos. No quería que sus padres descubriesen una de esas cartas sin remite que le llegaban. Por lo demás, un largo fin de semana. Una tregua.

Respiró hondo y recorrió con la mirada las cuatro paredes de su habitación. Se detuvo en un panel de corcho que tenía lleno de recortes y fotografías pinchadas con alfileres. Se acercó a él y releyó una frase escrita en un folio con letras grandes y negras. La había copiado él mismo, con un rotulador de trazo grueso, poco después del incidente con la motocicleta de Mario. En aquel momento había asegurado en público que le gustaba el silencio. Curiosamente, al volver a casa y hojear un libro, descubrió aquellas palabras, escritas hace siglos por los constructores de la Alhambra de Granada:

Después del silencio, el correr del agua es la música más bella que existe.

Pensó que aquellos constructores tenían razón y que nadie podía impedirle a él pensar lo mismo.

Dijo en voz alta:

–Primero, el silencio. Después, el correr del agua. Y luego, el jazz. Charlie Parker. *Bird.*

Trató de sonreír, pero no lo consiguió.

3

Gloria

Afortunadamente, le quedaba Gloria.

A Gloria la conoció el segundo año en el instituto. Hubo un reajuste de alumnos y ella, junto con alguno más, fue trasladada a su clase. Durante el curso escolar apenas hablaron, y cuando lo hicieron fue sobre temas cotidianos de asignaturas, exámenes y cosas por el estilo. Desde el principio le pareció una chica muy despierta y, por las notas que sacaba, bastante inteligente. Era de las que se tomaban en serio los estudios, pues tenía la seguridad de que quería hacer una carrera universitaria. Aunque en eso coincidían claramente, ella no tenía la fama de empollona que le habían adjudicado a él. Estudiaba mucho y sacaba buenas notas sin que apenas se notase. Y eso, a sus ojos, la hacía más lista todavía. Él, aunque se empeñase en pasar desapercibido, nunca lo conseguía. En parte, la culpa la tenían los profesores, que siempre le ponían como ejemplo. Si hacían un examen, nunca faltaba el dichoso comentario del profesor de turno que le felicitaba en público y alababa sus méritos; si hacían un trabajo, lo mismo. ¿Por qué no se limitaban a calificar sus exámenes y a cerrar la boca? El resultado no podía ser otro: era el empollón oficial de la clase, y un empollón siempre ha sido visto con un poco de recelo por los compañeros, dados a pensar que solo existe un paso entre empollón y pelota lameculos, y otro paso para convertirse en chivato de mierda. Diego tenía que repetirse a diario que no era un pelota lameculos ni un chivato de mierda. Nunca lo había sido.

Se relacionó más con Gloria durante las vacaciones de verano. Como no vivían lejos, un día se encontraron en una calle del barrio. Charlaron un buen rato y quedaron para verse en otro momento. Fue entonces cuando ella empezó a gustarle, quizá porque al sentirse fuera del recinto escolar la miró con otros ojos. Junto a lo que ya sabía de ella, descubrió un cuerpo y un rostro, y ambas cosas le agradaron mucho.

Gloria tenía unos ojos y unos labios grandes, y era lo que más destacaba de su cara, redondeada y graciosa. Los ojos eran de un color difícil de definir, pues tenían algo de gris, de azul, de verde. Eran muy claros, y cuando te miraban fijamente daba la sensación de que te envolvían con un halo mágico. El color de los labios, marcados por una línea perfecta, era casi rojo, a pesar de que no se daba carmín. Diego no había besado a ninguna chica cuando la conoció y, desde el primer momento, pensó que aquellos labios tan seductores serían los primeros que besaría.

Hablaron mucho de jazz en la primera cita. Ella aún estaba impresionada por la charla que él había dado sobre Charlie Parker.

–Me encantó –le dijo.

–¿De verdad? –se sorprendió él–. Yo pensé que no había interesado a nadie.

–Hasta entonces apenas había oído hablar de jazz y no tenía ni idea de quién era Charlie Parker. El otro día pusieron una película en la tele sobre su vida. La vi entera.

–Yo también, aunque ya la había visto.

–¡Menudo tipo!

–¡Sí, menudo tipo!

–Pero su vida fue muy dura y muy triste. Además, murió tan joven...

–La vida de casi todos los genios es muy dura y muy triste. Debe de ser que la felicidad atrofia los sentidos.

–Pues si tuviera que elegir... –Gloria arrugó la frente y la nariz y se quedó unos instantes pensativa–. Creo que preferiría ser feliz y vivir muchos años. ¿Y tú?

–No sé –Diego se sintió desconcertado y no halló una respuesta.

Hablaron de otras músicas, de sus gustos, del instituto, de sus familias, del barrio... Y así se les pasó la tarde entera. Y como a los dos les apetecía, decidieron quedar otro día, y después otro más, y otro...

Y finalmente, una tarde, sentados en una pradera del parque, a la sombra de un enorme y frondoso castaño, se besaron. Sus labios, indecisos y vergonzosos, se buscaron con deseo y, cuando torpemente se encontraron, mil sensaciones ocultas y maravillosas descendieron sobre ellos, los envolvieron y los transportaron a lugares tan anhelados como desconocidos.

Regresaron tarde a casa, pues el tiempo había dejado de transcurrir para ellos, y antes de despedirse, él le confesó:

–Es la primera vez que beso a una chica.

–Yo... es la segunda –titubeó ella–. Pero la primera no me gustó nada.

–¿Hoy te ha gustado?

–Mucho.

–A mí también.

Durante el curso actual mantenían una relación muy extraña, sobre todo por culpa de él, que de lunes a viernes prefería ignorarla. En el instituto nunca se acercaba a ella. La evitaba, se escabullía, se alejaba premeditadamente de los lugares que frecuentaba. Pensaba que era mejor que ellos no los viesen mucho tiempo juntos, pues de lo contrario podría comenzar para Gloria el mismo suplicio.

Así pues –se lo repetía una y otra vez, como si no estuviera muy seguro–, lo que pretendía con esta actitud era protegerla de esa pandilla de descerebrados que parecía haberse adueñado del instituto entero. Pero en otros momentos, quizá con mayor lucidez, llegaba a la conclusión de que lo hacía para intentar por todos los medios que las vejaciones no se produjesen delante de ella, lo cual le resultaría doblemente humillante.

Prefería aguantarlo todo solo, a ser posible sin testigos. A la entrada y a la salida del centro, evitaba cualquier compañía y procuraba adelantarse o rezagarse con premeditación; también durante los recreos buscaba los sitios menos concurridos o se encerraba a cal y canto en la biblioteca. Y así ocurría los lunes, los martes, los miércoles, los jueves y los viernes. Soportaba insultos y amenazas sin ton ni son, insultos y amenazas que, lejos de mitigarse con el tiempo, cada vez subían más de tono y ponían los pelos de punta al más valiente. Desmoralizado, comprobaba cómo los empujones premeditados sustituían a las zancadillas, los escupitajos a los amagos y los puñetazos a los pescozones.

La rabia contenida y las ganas de echarse a llorar eran una constante en su vida, lo mismo que una pregunta elemental y, quizá por eso mismo, sin respuesta posible: ¿por qué? Muchas veces se preguntaba también si los que lo maltrataban de aquel modo sabrían responder a esa pregunta. Estaba convencido de que no.

Solo los sábados y los domingos quedaba con Gloria. Entonces cogían el autobús o el metro y se alejaban del barrio, a lugares de la ciudad que no conocían de nada pero en los que él se sentía más seguro. Ella siempre trataba de oponerse y le repetía hasta cansarse que prefería no salir de las inmediaciones del barrio, que allí también podían divertirse, y que además a sus padres no les hacía gracia que anduviera de un lado a otro de la ciudad sin motivo.

Pero Diego había empezado a sentir miedo del propio barrio, de las calles por las que siempre se había movido a sus anchas, del parque donde, como la mayoría de los niños, había echado las primeras carreras. Sabía que ellos, los que se habían empeñado en no dejarle vivir en paz, andaban por allí y podían aparecer en cualquier momento. Ya no se limitaban al recinto del instituto. Bastaría con que los viese uno de ellos. Avisaría a los demás y en unos minutos todos estarían rodeándolos, vociferando insultos, riéndose descaradamente ante sus propias narices. No podría soportar que Gloria lo viese convertido en una especie de piltrafa humana, aterrorizado, sin capacidad ni posibilidad de reacción.

Gloria no era ajena a su situación. En realidad, todos los alumnos de su clase lo sabían. Esas cosas nunca pasan desapercibidas. Y había opiniones para todos los gustos, desde los que pensaban que se estaban pasando con él y estaban llegando demasiado lejos, hasta los que afirmaban que era un engreído y se lo tenía bien merecido, pasando, naturalmente, por los que solo eran capaces de mostrar indiferencia. En estos últimos –la mayoría–, la indiferencia ya empezaba a convertirse en el norte de sus vidas. Y la propia indiferencia, el despecho o el miedo hacían que nadie moviese un dedo para ayudar a Diego.

En el mundo escolar, estas cosas se saben siempre, se conocen, se comentan... Y el caso de Diego no era ninguna excepción. Se sabe quiénes son los que agreden y quiénes son los agredidos. ¡Es tan evidente! Son cosas que se asumen como parte de la historia de cualquier instituto y, utilizando un símil deportivo, se repite casi como consigna que son asuntos que no deben salir de los vestuarios. Por eso, si son preguntados, los alumnos procurarán evadirse o lo negarán con rotundidad. Predomina la ley del más fuerte y, por consiguiente, la ley del silencio. Es preferible estar callado a que te rompan la nariz en el momento más inesperado.

Gloria, por supuesto, conocía la situación, aunque, como el resto, también ignoraba hasta qué punto podía estar sufriendo Diego, porque él jamás hacía comentarios. Ni con ella ni con nadie. En algunas ocasiones había tratado de sacar el tema en medio de una conversación, incluso de manera indirecta, dando un rodeo. Pero él nunca le había permitido ir más allá y había cambiado bruscamente de rumbo, dando un violento golpe de timón, como el navío que vislumbra una tempestad y decide esquivarla.

Afortunadamente, comenzaba un fin de semana.

Afortunadamente, le quedaba Gloria.

Desde su habitación escuchó los timbrazos del teléfono y al momento sintió que su madre abría la puerta. Llevaba el inalámbrico en la mano.

–Es para ti –le dijo.

–¿Para mí? –se extrañó Diego.

–Sí, para ti.

–¿Quién es?

–Esa chica...

Solo entonces reaccionó y agarró el teléfono que su madre le ofrecía desde que había entrado en la habitación. Cerró la puerta y se tumbó en la cama.

–¿Gloria? –preguntó.

–¿Por qué tienes el móvil apagado?

–Es que... me quedé sin batería –mintió.

Enseguida, la voz de Gloria le resultó extraña y distante.

–Quiero que nos veamos esta tarde.

–¿Esta tarde? –Diego se sintió confundido–. Pensaba que esta tarde estudiaríamos y que mañana sábado, como otras veces...

–Quiero hablar contigo. No puedo esperar.

–¿No puedes decírmelo por teléfono?

–No.

–Entonces podemos quedar en...

–En el parque, a la entrada, junto al quiosco de bebidas –le cortó ella con decisión.

Aquel lugar le parecía a Diego el más inoportuno. El parque, un viernes por la tarde, era un lugar peligroso para él. Allí estaría seguramente medio instituto y, muy probablemente, los que se regodeaban martirizándolo.

–Será mejor que quedemos en...

–En el parque, a la entrada, junto al quiosco de bebidas. En media hora –Diego no tuvo tiempo de replicar, pues Gloria cortó la comunicación.

El primer impulso de Diego fue devolverle la llamada, intentar hablar más tiempo con ella, descubrir los motivos de su reacción y de sus prisas, buscar otro sitio para quedar, sonsacarle alguna cosa... Comenzó a marcar varias veces su número, pero ninguna terminó. Al final, desistió y decidió acudir a la cita.

Desde que puso los pies en la calle, intuyó que algo no iba bien. Se sentía muy nervioso, alterado. Aunque intentaba caminar deprisa, no lo conseguía, pues el miedo le hacía titubear constantemente. Acortaba sus pasos sin proponérselo, se detenía ante cada esquina, contenía la respiración, volvía incesantemente la cabeza como si presintiese que un monstruo despiadado lo estaba persiguiendo. Se juntaban a la vez varios temores e inquietudes: el habitual, el que llevaba tiempo causándole estragos, y otro muy diferente producido por las palabras que Gloria le había dicho por teléfono. Por eso, su ansiedad le producía un estado de tremenda agitación y de zozobra.

Evitó, no obstante, la calle más transitada, la que más directamente conducía hasta el parque, y dio un pequeño rodeo por calles más estrechas. Cuando vislumbró los primeros árboles, se detuvo y observó de lejos. Veía perfectamente el quiosco de bebidas, pintado todo de blanco, rodeado de mesas y sillas. Entonces vio cómo Gloria se acercaba al lugar desde la otra calle, la misma que él había preferido evitar; miraba a un lado y a otro, como si lo estuviera buscando, y finalmente se detuvo junto a un árbol y se apoyó sobre el tronco.

Él contuvo la respiración, apretó los puños y echó a andar. En unos segundos estaba a su lado.

–Hola –la saludó fríamente sin atreverse a darle un beso, como hacía en otras ocasiones.

–Hola.

–¿Quieres que vayamos a...?

–No, mejor nos quedamos por aquí.

Al menos consiguió llevarla a una de las zonas del parque menos transitadas. Hizo ademán de sentarse en la hierba, pero como Gloria no lo imitó, permaneció de pie. La miró a los ojos y ella esquivó la mirada. Entonces comprendió que algo serio estaba ocurriendo, algo que él aún no sabía, pero que estaba a punto de conocer.

–No quiero que sigamos saliendo –le dijo la muchacha de sopetón.

Diego percibió aquellas palabras como una sacudida violenta que le zarandeó de pies a cabeza.

–¿Qué...? –fue lo único que acertó a decir.

–No quiero que sigamos saliendo –repitió ella, aunque sabía que él la había oído perfectamente.

En su mente, Diego se repitió una y otra vez aquellas palabras, como si necesitase de este acto para poder asimilarlas, para poder entenderlas, para poder aceptarlas.

–¿Te gusta otro? –preguntó de pronto.

–No –respondió ella con seguridad.

–Entonces... ¿qué ha pasado?

–No lo sé.

–¿No lo sabes?

–Solo sé que desde que salgo contigo me estoy volviendo tan rara como tú. Y yo no quiero ser rara.

–¿Yo te parezco raro?

–Todo el mundo lo dice, lo comenta...

–¿Pero tú qué piensas?

–Yo sé que me gustas, pero no eres como los otros. Te empeñas en hacer cosas distintas a las que hace el resto de la gente de nuestra edad.

–¿Te refieres a que me gusta la música de jazz, a que me aburre el fútbol, a que prefiero el silencio...?

–Me refiero a eso y a mucho más. Me refiero a todo. A tu forma de ser y de comportarte.

–Tú sabes lo que me está pasando. Lo saben todos. Algunos se empeñan en no dejarme ser de otra manera.

–Eso tampoco lo entiendo. No sé cómo puedes aguantarlo, no sé cómo puedes seguir así, sin hacer nada.

–Entonces... ¿tú crees que tengo la culpa de las cosas que me pasan?

–No he dicho eso. Solo he dicho que eres raro y que me estás contagiando tu rareza.

–Ponte un instante en mi lugar...

–No, no –Gloria negó repetidas veces con la cabeza, dando a entender que no quería seguir hablando. Su decisión no era un acto caprichoso, sino algo seriamente meditado.

–Trata de comprender mis motivos.

–Me advirtieron mis amigas de que si salía contigo me volvería tan rara como tú. No les hice caso. Pero ahora empiezo a notarlo. Yo también me siento rara, distinta... Noto que me miran, que comentan cosas de mí, que me señalan.

–No hagas caso.

–¿Por qué no debo hacer caso? ¿Para llegar entonces a tu situación? ¡No, no! Yo no estoy dispuesta a que se rían de mí. Si algo tengo claro es que no quiero ser ningún bicho raro.

–Yo no pretendo ser un bicho raro.

–Quiero ser como las demás chicas: vestir como ellas, hablar como ellas, compartir sus gustos... Quizá cuando sea más mayor me apetezca ser un bicho raro, pero ahora no. Ahora sería muy infeliz.

Mil razones y argumentos se agolpaban en la mente de Diego, pero no fue capaz de pronunciar ninguno. Ella, además, no estaba dispuesta a prolongar aquella última cita y, nada más terminar de decirle estas cosas, y como si estuviera temiendo arrepentirse, se marchó a toda prisa.

Él observó cómo se alejaba y, a medida que desaparecía entre los árboles, sintió crecer un vacío dentro de su cuerpo: era como una extraña burbuja que se hinchaba sin parar y que contraía sus vísceras, sus músculos, sus huesos, sus tendones... Pensó que esa burbuja acabaría matándolo. En cierto modo no le importó y aceptó de buen grado aquella forma de abandonar el mundo de los vivos.

Pero la burbuja no completó su amenaza y Diego comprendió que seguiría vivo y que la vida desde ese momento le iba a resultar aún más dura y más triste.

Ya ni siquiera le quedaba Gloria.

Echó a andar en dirección a su casa, abatido, atormentado, completamente abstraído en su pena. Quizá por ese motivo no escuchó unas burdas imitaciones de pájaros que provenían del otro lado de un seto de aligustre. Eran varias voces, y entre los *pío-pío* se distinguían con claridad algunas risas.

De repente, una piedra voló por los aires y se estrelló contra uno de los hombros de Diego. Solo en ese instante salió de su ensimismamiento. Aterrorizado, miró a un lado y a otro. Las voces se oían muy cerca:

–¡Creo que le he dado al pájaro!

–*¡Bird, bird, bird!* –las risas no cesaban.

–¡Vamos a salir de caza!

–¡Vamos a acabar con los pajarracos!

–*¡Bird, bird, bird!*

–¡Vamos a por ti!

Diego se llevó la mano al hombro, al lugar donde había impactado la piedra. Le dolía mucho. Miró hacia el seto de aligustre y temió que los que se escondían tras él cumpliesen su palabra y lo matasen. Por un instante llegó a pensar que no le importaba y que, puesto que la burbuja de su interior no acababa con él, que lo hicieran ellos. Que lo matasen de una vez y que de esta forma cesasen sus sufrimientos. Que lo matasen a pedradas, a puñetazos, a patadas...

Pero, dentro de su ser, algo se rebeló contra la posibilidad de la muerte y del sufrimiento. Echó a correr. Mientras se alejaba oía sus risas, sus insultos, sus amenazas.

–¡¡¡Escoria!!!

Eskoria, eskoria, eskoria...

Cada latido de su corazón parecía repetir la palabra. Cuanto más corría, cuanto más se aceleraba, más y más tenía que soportarla. Recorría todas sus venas y se iba repartiendo por todo su cuerpo.

Eskoria. Con k de kilo.

4

Padres

Al llegar a casa, se quitó la camisa y se observó el hombro dolorido en un espejo. Se notaba claramente la señal de la pedrada, pues la piel se había enrojecido mucho. Si se tocaba, le dolía. Entonces pensó que aquella herida era la más insignificante de las que le habían causado, aunque fuese la más visible. Las peores eran las que llevaba por dentro, las que no se veían.

No dejaba de pensar en las palabras de Gloria y tenía que hacer un esfuerzo muy grande para no rendirse y autoproclamarse un bicho raro. Se negaba a aceptarlo. Mucho más raro que su conducta le parecía agredir a un compañero sin motivo, solo por el placer de insultar y de humillar. Eso sí que era raro. Los que lo hacían eran los bichos raros, no él.

Observando la contusión que le había producido la piedra en el hombro, pensó que ahora disponía de una prueba para acusarlos. Podía ir directamente a la comisaría de policía y denunciarlos. Les pondría en antecedentes y les explicaría cómo le habían apedreado en el parque. Pero... ¿le harían caso? ¿Se dignarían a escucharle? Además, iban a preguntarle si había visto al que lanzó la piedra y tendría que responder que no vio a ninguno, que solo los oyó porque estaban escondidos tras un seto de aligustre. Su denuncia no iba a servir para nada o, en todo caso, serviría para enfurecer más a quienes le atacaban.

Gloria le había acusado veladamente de no hacer nada, de pasividad. Diego pensaba que nadie que no viva la situación puede imaginar lo que se siente. Miras a tu alrededor y no sabes ni siquiera adónde agarrarte para no hundirte más y más en ese pozo sin fondo en el que de repente te encuentras sin saber cómo has llegado hasta allí. Te gustaría poder hacer algo, pero no sabes qué ni cómo. Y tienes la certeza de que todo lo que hagas puede volverse irremediablemente contra ti. Y las cosas siempre van a peor, porque ellos se crecen y tú te empequeñeces; ellos se envalentonan y tú te asustas; ellos levantan la voz y tú enmudeces. Es así. Estás atado de pies y manos, con una mordaza en la boca y una venda en los ojos. A su merced. A su capricho.

Gloria solo podía ver las cosas desde fuera, sin llegar a comprender la magnitud del problema. Ella estaba muy influenciada por los comentarios de sus amigas, por los comentarios en general.

Hay un grupo que se mete con Diego.

Sí, a lo mejor alguna vez se pasan de la raya.

Son muy plastas.

Deberían dejarlo en paz.

Pero él es un poco raro.

Tiene unos gustos extraños.

Le gusta una música que se llama jazz.

Habla con palabras que nosotros no utilizamos.

Hasta viste raro.

Además, es un empollón.

No salió de casa en todo el fin de semana. Incluso, apenas salió de su habitación. La madre intuyó que había tenido algún problema con aquella chica que le había llamado y con la que llevaba un tiempo saliendo. Por eso, no quiso intervenir mucho y prefirió dejarle solo, pensando que a su edad todos los males de amores acaban pasándose.

Solo el domingo por la noche, al final de la cena, intentó consolarlo un poco.

–Supongo que lo que voy a decirte ahora no te servirá de nada –le dijo mientras pelaba una manzana–. Pero los padres somos así, no podemos evitar dar consejos a nuestros hijos. Imagino que será porque tenemos un poco más de experiencia y creemos saberlo todo. Me había dicho a mí misma que mantendría la boca cerrada, pero no puedo contenerme más. Llevo todo el fin de semana viéndote cabizbajo, encerrado en ti mismo, triste... Así que me he dicho: «No aguanto más, tengo que decírselo».

Diego miró a su madre y trató de esbozar una sonrisa.

–¿Y qué vas a decirme?

–¿No lo adivinas?

–No –se encogió de hombros.

–Pues que un día encontrarás a una chica que te quiera de verdad –dijo la madre–. Y a la que tú también quieras, por supuesto. Todos hemos vivido desengaños amorosos. Y en el fondo está bien vivirlos, porque las decepciones nos sirven para descubrir mejor el verdadero amor. Bueno, ya te lo he dicho. Creo que la madre que llevo dentro se ha quedado un poco más tranquila.

Esta vez, Diego consiguió sonreír más abiertamente. Miró a su madre y a continuación a su padre.

–¿Vosotros tuvisteis desengaños amorosos antes de conoceros?

Los padres cruzaron una mirada antes de responder.

–Sí, claro –dijo la madre.

–Por supuesto –añadió el padre.

Y por primera vez en su vida se imaginó a su madre con otro hombre y a su padre con otra mujer. Le resultaba muy extraño, pero al mismo tiempo le parecía lógico. A ellos les había ocurrido lo mismo que a él y, según le explicaban, era algo que sucedía a la inmensa mayoría de las personas.

Entonces, una nueva pregunta le vino a la mente. Pero, al contrario que la anterior, no la formuló. La pregunta tenía que ver con la otra causa de su tristeza y abatimiento, la que prefería ocultar, la que sobrellevaba solo y sin ayuda de nadie, la que soportaba de lunes a viernes y, si se descuidaba, hasta los fines de semana. Quizá sus padres hubiesen vivido una situación similar y también pudieran darle un consejo.

Pero no se atrevió a preguntar, a pesar de que tuvo una oportunidad de oro para hacerlo, justo cuando su padre se levantó de la mesa y le palmoteó el hombro para darle ánimos, en el mismo lugar donde había impactado la piedra y que ya se le había amoratado. No pudo evitar un gesto de dolor y se contrajo un poco.

–¿Qué te ocurre? –le preguntó enseguida el padre, al notar su reacción.

–Nada, nada –Diego buscaba una excusa a toda costa–. Me he dado un golpe.

–¿Con qué? –intervino la madre.

–Con la mesa de escritorio. Me agaché a recoger una cosa que se me había caído y al levantarme me di con uno de los picos.

Sin dejarle casi reaccionar, la madre le retiró la camisa y observó la zona afectada.

–Pues sí que te has dado un buen golpe.

–No es nada.

–Te pondré una pomada antiinflamatoria antes de que te acuestes.

–Déjalo.

–Te vendrá bien.

–Haz caso a tu madre –intervino el padre.

En ese momento se lo podía haber dicho. Se lo podía haber explicado desde el principio, desde el primer insulto, desde el primer comentario despectivo, desde la primera amenaza. Pero prefirió callarse.

Sus padres no iban a quedarse indiferentes, de eso estaba completamente seguro; pero dudaba que su actuación mejorase las cosas. Los conocía bien. Irían al instituto y hablarían con el director para que tomase cartas en el asunto. Y si el director no les hacía caso irían a la policía, o denunciarían el caso en la prensa. De pronto, se imaginaba los periódicos con su fotografía y pensaba si eso realmente serviría para arreglar las cosas o para complicarlas. Una de las advertencias más serias que siempre le hacían sus verdugos era que mantuviese la boca bien cerrada. Y le amenazaban con todo tipo de tormentos si no les hacía caso. La boca cerrada. La boca bien cerrada.

Además, pensaba que escudarse tras sus padres era, en cierto modo, una actitud cobarde, era asumir su incapacidad para resolver el problema. Eso no le redimiría de cara a los demás, y entre los demás, pensaba sobre todo en Gloria.

Estaba en su habitación, ya con el pijama puesto, cuando entró su madre con un tubo de pomada. Lo examinaba por un lado y por otro como buscando algo. Finalmente, pareció encontrarlo.

–Aquí está. Estupendo, no ha caducado aún.

–Pero si no es nada.

–Esta pomada es buenísima.

Diego sabía que no iba a poder convencer a su madre, así que se desabrochó la camisola del pijama y dejó al descubierto su hombro. La madre se acercó, abrió el tubo y le aplicó un poco de pomada sobre la zona afectada. Luego comenzó a extenderla con los dedos, dándole un pequeño masaje. Lo hacía con tanta suavidad que no sentía ningún dolor.

–¿Tuviste muchos desengaños amorosos antes de conocer a papá? –le preguntó de sopetón.

La madre se sorprendió un poco por la pregunta inesperada. Sonrió y se encogió de hombros.

–Bueno, algunos –respondió.

–¿Y los olvidaste?

–¿Olvidarlos? No. Eso no se olvida nunca, es curioso. A veces olvidamos cosas importantísimas y, sin embargo, un amor de juventud siempre se recuerda.

–Pero... ¿sigues viéndolos?

–¡Huy! De algunos no he vuelto a saber nada, como si se los hubiese tragado la tierra. Pero sí, hay uno al que veo de vez en cuando. Vive en el barrio. Le veo y me río.

–¿De qué te ríes?

–Pues me río porque me parece imposible que en algún momento de mi vida llegara a gustarme.

–¿Quién es?

–Oye, oye... No seas tan curioso. Además, no vayas a pensar que tu madre era una devoradora de hombres o algo por el estilo. Salí con algunos antes de conocer a tu padre, es verdad, pero él los eclipsó a todos.

–Hasta hoy pensaba que mi padre y mi madre eran una misma cosa –reflexionó Diego–. Hoy he comprendido que son dos: un hombre y una mujer.

–Sí, tienes razón –la madre afirmó con un gesto de su cabeza–. Creo que a tu edad yo pensaba lo mismo de mis padres. Eran muy distintos, pero yo los veía siempre como un conjunto. ¡Y qué equivocada estaba!

–¿Por qué dices eso?

–A las pruebas me remito: en cuanto se aprobó la ley del divorcio, fueron de los primeros en apuntarse.

La madre le colocó la camisola y volvió a abrochársela. Él dobló la almohada y se dejó caer suavemente sobre ella, quedando prácticamente sentado en la cama.

–¿Cómo eras cuando tenías mi edad? –volvió a preguntar a su madre.

–Pues era... muy guapa.

–Y lo sigues siendo.

–Gracias.

–¿Y qué más? ¿Lo pasabas bien en el colegio, en el instituto...?

–Sí, muy bien. Me llevaba estupendamente con todo el mundo. Todos éramos amigos. No había ningún problema. Mis recuerdos de esa época son fantásticos. A tu edad todo puede ser maravilloso, Diego, recuérdalo y trata de disfrutar mucho. Me gustaría que cuando seas tan mayor como yo recuerdes esta época como una de las más felices de tu vida.

Las últimas palabras de su madre lo desarmaron por completo y ya no pudo añadir nada más, pues sintió cómo un nudo se formaba en su garganta. Ella no había vivido una situación como la que él vivía; por consiguiente, no podría entender sus problemas.

La madre le dio un beso y salió de la habitación cerrando el tubo de pomada.

–Buenas noches.

Se quedó pensando en unas palabras que ella le acababa de decir, esas que hacían referencia a su edad, a su maravillosa edad, en la que debería vivir cosas estupendas para poder recordarlas de mayor e, incluso, para poder contárselas a su hijos. Pero... ¿qué podría recordar él más que sufrimientos? Y cuando sus hijos le preguntasen... ¿qué les respondería? Los recuerdos le llenarían de vergüenza y tendría que escabullirse cobardemente para no responder.

Aún no había apagado la luz cuando entró su padre en la habitación. Traía una caja con cuatro cedés que le había pedido a su hijo días antes. Cada disco contenía una selección de música para un instrumento de los más frecuentes en el jazz. Así, uno estaba dedicado al saxo, otro al piano, otro a la trompeta y el último al contrabajo. Colocó la caja en una repisa, junto al resto de los discos.

–Me ha gustado mucho –le comentó a Diego.

–Ya te lo dije.

El padre se sentó en el borde de la cama, miró a su hijo y le dio una palmada en las rodillas.

–¿Qué tal ese hombro?

–Bien.

–Tu madre dice que esa pomada es mano de santo.

El padre hizo ademán de levantarse de la cama, pero una pregunta del muchacho lo retuvo.

–¿Tuviste muchos desengaños amorosos antes de conocer a mamá?

–Alguno que otro –sonrió el padre, sorprendido por la pregunta.

–¿Y fuiste tú quien cortó la relación, o fueron ellas?

–Pues... hubo de todo: a veces ellas, a veces yo. A tu edad la ilusión está a flor de piel y siempre piensas que has encontrado el amor de tu vida, y eso es muy bonito, por cierto; pero luego llega el desengaño y... Suele ser lo normal, ¿no te parece?

–Me lo deberías decir tú a mí.

–Tienes razón –rio el padre–. Pues lo afirmo: suele ser lo normal. No puedes pensar que la primera chica que conoces es la mujer de tu vida, y menos en estos tiempos. Pero, claro, hay cosas que duelen y momentos en que se pasa fatal.

Diego se sorprendió un poco al oír a su padre hablar de aquella forma. Le estaba hablando de dolor y de pasarlo mal, y parecía saber lo que estaba diciendo. Pensó que quizá él sí había vivido una situación similar a la suya.

–¿Fuiste feliz en el instituto, a mi edad? –le preguntó sin rodeos.

–Muchísimo –respondió el padre sin dudarlo.

Diego trató de disimular la decepción que le causó la respuesta.

–¿Te llevabas bien con tus compañeros?

–Ya lo creo. ¡Menuda pandilla formábamos! Luego, es cierto que cada uno tomó un camino distinto y nos alejamos. Pero a tu edad... ¡qué tiempos!

El padre suspiró con nostalgia y se levantó de la cama, decidido a salir de la habitación. Pero su hijo aún guardaba una pregunta más en la recámara:

–¿Por qué me gusta el jazz?

El padre se detuvo y se quedó mirándolo, sin saber muy bien qué responder.

–¿Qué quieres decir?

–No entiendo por qué me gusta tanto el jazz, cuando la mayoría de los chicos de mi edad no saben ni lo que es.

–No debes preocuparte por eso. Al contrario, creo que eres un privilegiado por saber disfrutar de la música. Del jazz y de otras grandes músicas.

–Tú tienes la culpa, y también mamá.

–Si la culpa es haberte aficionado a la buena música, pues acepto esa culpa. Creo que tu madre también la aceptará sin problemas.

–Pero no es solo la música.

–¿Ah, no?

–El fútbol me aburre, no me gustan las motos porque meten mucho ruido, me encanta el silencio... Y podría seguir diciendo muchas más cosas.

–¿Y eso te parece malo?

–Antes pensaba que no, pero ahora no estoy seguro.

–Lo importante es que tengas tu propia personalidad.

–¿Sí?

–Por supuesto. No lo dudes.

–Pero a lo mejor es pronto para tener mi propia personalidad.

–¿Qué quieres decir?

–Quiero decir que a mi edad nadie tiene su propia personalidad, y el que la tiene, la esconde. No es bueno ser diferente.

–Yo no estoy de acuerdo con lo que dices. Lo importante es fomentar la personalidad de cada ser humano, incluso desde el momento en que nace. A mamá y a mí siempre nos ha preocupado mucho este tema y siempre hemos querido que desarrollases al máximo todo el potencial que llevas dentro.

Diego se dejó resbalar sobre la almohada y se arropó con la sábana, dando a entender que pretendía dormir.

–Eso me da la razón –musitó entre dientes.

El padre no llegó a entender sus palabras, así que se dirigió a la puerta y, antes de salir, le dijo:

–Tenemos que hablar de estas cosas más despacio. Buenas noches, hijo.

–Buenas noches.

Diego apagó la luz y se arrebujó contra la almohada. Pensó que sus padres tenían la culpa de que él tuviese su propia personalidad y, por consiguiente, de que fuese distinto y raro. Un bicho raro al que algunos se habían propuesto tratar como a un despreciable bicho raro, sin miramientos ni piedad.

Trató de pensar en Gloria, pero otro pensamiento más fuerte se lo impedía. El otro pensamiento era el lunes. Faltaban pocos minutos para llegar al lunes. Y lo malo no era el lunes, sino todo lo que venía después: el martes, el miércoles, el jueves y el viernes. ¡Veía tan distante el próximo fin de semana!

Hizo un esfuerzo muy grande y trató de pensar en Gloria, en sus ojos grandes y claros, que ya nunca le mirarían de la manera que le habían mirado; en sus labios sacados de una viñeta del *pop art,* que ya nunca volvería a besar.

Volvió a repetirse en voz alta la pregunta más elemental del mundo:

–¿Por qué?

Y al no hallar respuesta, empezó a llorar en voz baja.

5
Verdugos

Se despertó pensando en Gloria. Volvió a parecerle mentira que todo se hubiese roto entre ellos. Le resultaba increíble que unas simples palabras pudieran acabar con un montón de ilusiones, con la única felicidad que había encontrado últimamente. Pero conocía lo suficiente a Gloria como para saber que su decisión no había sido un capricho, sino algo muy meditado, algo que además no iba a tener vuelta atrás. Era imposible. Y más en sus circunstancias. Porque su situación no era la de un muchacho normal y corriente abandonado por su chica. Él era un ser atormentado sistemáticamente por otros seres, con premeditación y alevosía, alguien a quien le negaban hasta las cosas más elementales para hundirlo sin piedad en un pozo negro y sin fondo.

Llegó a la cocina bostezando y con el pijama puesto. Sus padres, ya arreglados, estaban terminando de desayunar. Ellos salían antes de casa, pues el horario de sus trabajos no coincidía con el del instituto. Le dieron los buenos días con la afabilidad y el cariño de siempre y le repitieron los mismos consejos y las mismas recomendaciones. Y todo con las mismas prisas, porque, como de costumbre, ya se les estaba haciendo tarde.

Cuando salieron, mientras mojaba una tostada en el café con leche, pensó que estaba contento con los padres que le habían tocado en suerte. No los cambiaría por ninguna otra cosa. Es más, pensaba que había sido muy afortunado. Ellos le querían más que a nada y él los correspondía. Además, estaba orgulloso de que, desde que nació, hubiesen intentado que se desarrollase su personalidad, que aflorasen sus gustos de la manera más natural posible, que se estimulasen todos sus sentidos... Eso le estaba convirtiendo en un ser humano. Las dudas que le habían asaltado la noche anterior se habían disipado por completo y se sentía orgulloso de ser como era, aunque pareciese a los ojos de los demás un bicho raro. Y no iba a renunciar a ello. No iba a consentir que nadie le hiciese cambiar.

Luego, esa voz interior que no cesaba de hablar dentro de su cabeza, le explicó que estaba muy bien esa declaración de principios que acababa de hacer. Un lunes, a primera hora de la mañana, antes de salir de casa camino del instituto. Estaba muy bien pensar esas cosas, repetírselas incluso para que quedasen grabadas en su pensamiento y en su voluntad. Pero la realidad se imponía. Las manillas del reloj no dejaban de girar y le avisaban de que estaba llegando el momento de salir a la calle y empezar a vivir el lunes con todas sus consecuencias. ¿Qué iba a hacer para no renunciar a su forma de ser? ¿Qué iba a hacer para no consentir que nadie le hiciese cambiar?

Andando, tardaba veinte minutos desde su casa hasta el instituto. Podía ir también en autobús, pero nunca lo cogía, a no ser que por algún motivo se le hiciese tarde. Además, pensaba que ese paseo diario le venía bien, le despejaba, borraba los últimos resquicios del sueño.

La primera parte del recorrido era más zigzagueante, por calles estrechas y cortas, hasta que desembocaba en una avenida muy ancha de reciente construcción por donde el barrio se estaba extendiendo. Al final de esta avenida se encontraba el instituto. Las aceras, amplias y rectas, estaban tachonadas de bancos, farolas y árboles. Diez minutos antes de la hora de entrada y otros tantos minutos después de la hora de salida, se llenaba de chicos y chicas, desde trece años hasta dieciocho. Diego lo sabía y por eso siempre se adelantaba al entrar y se retrasaba al salir, y no precisamente porque se sintiera un chico insociable o solitario por naturaleza.

Cuando llegó a la avenida aceleró el paso. Miraba constantemente el reloj, como si quisiera que el tiempo no se le escapase de control. Giraba la cabeza a un lado y a otro y, de vez en cuando, la volvía hacia atrás.

De pronto, sintió unos pasos muy cerca de los suyos, incluso una respiración acelerada, unos jadeos. Alguien se había dado una carrera para alcanzarlo. No quiso volver la cabeza y continuó caminando, aunque una gran tensión empezó a invadirlo. Quiso convencerse de que se trataba de Gloria, de que tal vez hubiese meditado su decisión y hubiese cambiado de postura. Pero la realidad, como de costumbre, fue más dura y despiadada.

Oyó claramente una voz:

–¡Escoria!

Las piernas comenzaron a temblarle. El corazón empezó a martillear su pecho. Unas gotas de sudor orlaron su frente y resbalaron por sus patillas.

Y a la primera voz se sumó una segunda:

–¡Escoria!

Y luego una tercera:

–¡Escoria!

Y una cuarta:

–¡Escoria!

Y una quinta:

–¡Escoria!

Estaban todos. Los cinco. Los verdugos. Lo estaban esperando. Ya sabían que solía adelantarse un poco a la hora de entrada y lo estaban esperando. Se habían escondido en alguna parte para no ser descubiertos.

Él los conocía perfectamente. Sabía sus nombres y sus apellidos. Tenía grabados sus rostros en la mente y dudaba que el tiempo pudiese borrarlos algún día. Distinguía sus voces, sus risas, sus gritos y hasta sus predilecciones a la hora de insultar.

C.S.F. era un alumno destacado. Buen estudiante, despierto e inteligente. En presencia de los profesores, siempre mantenía una actitud muy correcta y educada, de típico alumno ejemplar. Solo lejos de ellos se atrevía a criticarlos, a mofarse, a despreciar cuanto hacían. Aseguraba que estudiar no le interesaba nada, pero que lo hacía porque no le costaba mucho trabajo. Alguno que lo conocía bien afirmaba que su padre, un médico del centro de salud del barrio, era muy rígido con él y estaba empeñado en que siguiese sus pasos en la medicina. Solo por eso estudiaba: por miedo a las represalias de su padre. Él se empeñaba en negarlo, pero algunos le habían visto acompañado de su padre y saltaba a la vista que se empequeñecía a su lado, que perdía seguridad, que se sentía incómodo, inseguro, intranquilo...

Pero en el recinto del instituto y sus alrededores se mostraba muy simpático con los compañeros y con facilidad se erigía en el centro de atención del grupo en el que se encontrase. De habérselo propuesto, habría sido el líder indiscutible de la clase. Pero eso era algo que parecía traerle sin cuidado y siempre se movía con pequeños grupos, donde se le notaba a sus anchas.

Y para completar el cuadro, era alto y guapo, de complexión atlética, lo que le hacía tener mucho éxito también entre las chicas, que a menudo se lo disputaban sin recato.

Visto desde fuera, nadie hubiera imaginado que uno de los entretenimientos principales de este muchacho –aparentemente ejemplar– fuera martirizar sin motivo a otras personas, y recrearse en el sufrimiento de los demás hasta límites insospechados. Y además, hacerlo de manera consciente y deliberada.

E.C.D. era todo lo contrario. Con respecto a los estudios, hacía tiempo que había tirado definitivamente la toalla y en la actualidad ya ni se molestaba en comprar los libros de texto. Asistía a las clases con las manos vacías, no llevaba ni un mísero cuaderno ni un bolígrafo. Nada. Había repetido curso, pero su actitud no había cambiado en absoluto. Seguiría en el instituto hasta que sus padres se desesperasen y lo sacasen de allí, o sencillamente hasta que cumpliese dieciocho años.

Los profesores también habían arrojado la toalla con él, sobre todo porque se habían dado cuenta de que prestarle más atención era una pérdida de tiempo que solo servía para perjudicar al resto de la clase. Por fortuna para ellos, dentro del aula no se comportaba mal y la mayor parte del tiempo se dedicaba a sestear sobre el pupitre. Mostraba una actitud negativa no solo ante los estudios, sino ante cualquier propuesta que se le hiciese, ante la vida misma. No quería estudiar, pero tampoco deseaba hacer otras cosas. Solo le llamaban la atención las motos y los videojuegos, en los que se consideraba un experto.

De pocas palabras, en cualquier conversación era de los que pasaban más tiempo en silencio que hablando. Pero si callaba no era precisamente para escuchar, porque en la mayoría de las ocasiones lo que opinasen los demás le importaba un bledo. Eso sí, cuando se decidía a intervenir no le gustaba nada que le llevasen la contraria y consideraba sus opiniones como dogma de fe que los demás debían aceptar a ciegas.

Su aspecto físico era tan normal que no llamaba la atención ni en un sentido ni en otro. Ni alto ni bajo, ni gordo ni flaco, ni guapo ni feo. Quizá por ese motivo había comenzado a tatuarse los brazos y los hombros con agresivas figuras de aspecto amenazante. Solo de esa forma conseguía que algunos se fijasen en él.

D.M.A. era el típico chico que siempre necesitaba colocarse a la sombra de otro, como si solo así pudiera encontrar su propia personalidad. Oscilaba constantemente entre C.S.F. y E.C.D., aunque su falta de interés por los estudios y su indolencia le colocaban cada vez más bajo el amparo del segundo. Últimamente se habían hecho inseparables y era fácil encontrarlos juntos, tanto en el recinto del instituto como fuera de él. Eso significaba que, cada vez de forma más clara y definitiva, se iba apartando de los estudios, para los que, por otro lado, nunca había mostrado buenas aptitudes.

Sus padres eran muy conocidos en el barrio, pues de toda la vida habían estado metidos en la Asociación de Vecinos, e incluso en una ocasión figuraron en las listas electorales al Congreso de los Diputados de un partido de izquierdas. Eran gente luchadora y comprometida, que no habían dudado en echarse a la calle cuando el Ayuntamiento pretendió acabar con una de las pocas zonas verdes del barrio para convertirla en un aparcamiento. Movilizaron a los vecinos y organizaron una sonada manifestación. Cortaron el tráfico de la avenida principal y al final, cuando llegaron los antidisturbios, hubo palos a mansalva. El padre de D.M.A., con la cabeza abierta y la sangre chorreándole hasta la barbilla, salió en todos los telediarios defendiendo su causa.

Desde luego, el hijo no tenía nada que ver con los padres. Y se decía que estos estaban desesperados con él, con su apatía, con su actitud pasota, con su desgana vital, con su indiferencia, con su insolidaridad... Ante su fracaso escolar, habían intentado que se pusiera a trabajar; pero él mostraba aún menos predisposición al trabajo y acabó convenciendo a sus padres de que lo dejaran en el instituto.

J.R.S. era el más raro. Él sí que era un verdadero bicho raro. Ya su aspecto físico lo dejaba patente. Sin embargo, ¿por qué alguien que tenía tantas papeletas para que le tocase el rol del acosado se había convertido precisamente en acosador? A lo mejor esa era la forma de evitarlo. Si lo había hecho conscientemente, no podían negársele la inteligencia y el don de la oportunidad. Los entrenadores de equipos deportivos siempre lo explican: la mejor defensa es un buen ataque. Y quizá eso fuera lo que estaba poniendo en práctica J.R.S.

Físicamente no se podía decir que fuera feo, aunque algunos lo calificaban de horrible. Era, sencillamente, extraño. Una cabeza grande y desproporcionada, un rostro anguloso y amarillento, como una cordillera descarnada, llena de picos y barrancos; un cuerpo desgarbado, con los hombros caídos y los brazos excesivamente largos, algo simiescos. Era torpe al andar y mucho más torpe si tenía que correr. Carecía de reflejos, tanto física como mentalmente: siempre tardaba en reaccionar, como si necesitase rumiar pacientemente todas las situaciones que se le planteaban.

A pesar de esto, y de forma sorprendente, todo el mundo le llamaba por su nombre o por su apellido, pero jamás había tenido un mote. Era algo que Diego no podía comprender, porque otros muchos, por menos, eran conocidos por apodos que, sin pretenderlo, les habían caído encima como una pesada losa.

J.R.S. nunca miraba directamente a las personas; incluso daba la sensación de que nunca miraba directamente a nada. Siempre se las apañaba para que su mirada resultase oblicua, lo que le daba un aire un poco siniestro. Tampoco miraba a la cara de su interlocutor cuando hablaba, lo que, unido a un tono de voz más bien bajo, hacía que sus palabras pareciesen más bien un susurro, casi siempre ininteligible.

R.L.M. era la única chica del grupo. También su familia era conocida en el barrio, pues tenían un puesto de fruta en el mercado. De pequeña le gustaba ir a ayudar a sus padres y se pasaba mucho tiempo con ellos, colocando la fruta o simplemente jugando con las cajas vacías. Pero cuando creció apenas volvió a pisar la frutería, ni siquiera en momentos puntuales en que sus padres le pidieron que les echase una mano. Si alguna vez acudía a la tienda, era con la intención de coger algún billete de la caja en un descuido de sus padres. Cuando conseguía su propósito, se esfumaba sin dar explicaciones.

Los padres atribuían su carácter difícil e irritable, propenso a las discusiones, a la falta de atención que le habían prestado. La frutería había absorbido todo su tiempo durante años y su hija había crecido prácticamente sola, haciendo siempre lo que le venía en gana. Quizá esta falta de modelos, de educación, le había hecho desarrollar una personalidad muy endeble y era frecuente verla dando bandazos, de un extremo a otro, según las personas con que se juntase.

Cambiaba a menudo su manera de vestir, pasando de la estética de una tribu urbana a otra. Últimamente prefería la ropa oscura, por lo general negra, con adornos plateados, acompañada por un maquillaje lleno de contraste: mejillas pálidas, casi blancas, y ojos y boca embadurnados de pintura brillante y oscura: rojos y azules casi negros, metálicos. Era la moda que algunos llamaban gótica, y que buscaba una estética relacionada con historias y personajes de terror de siglos pasados. El aspecto final que a veces conseguía semejaba al de un alma en pena, algo estrafalaria, deambulando por la ciudad.

Cuando cambiaba su forma de vestir, cambiaban además otras muchas cosas, como sus preferencias musicales, su actitud, su vocabulario, sus maneras... Era como si necesitase de todo un ritual para dar mayor verosimilitud a su nueva personalidad.

Últimamente, y después de una breve relación sentimental con C.S.F., se había acoplado a su grupo. Un grupo que más bien era una amalgama, una mezcla sin sentido de personas muy distintas que solo parecían juntarse por un motivo: el acoso sistemático a Diego. Después de eso, cada uno se montaba su vida como quería.

R.L.M., a su vez, controlaba y dominaba a un pequeño grupo de chicas, no más de tres o cuatro. Eran las amigas que se habían mantenido fieles a ella desde la más tierna infancia, las que no la habían abandonado a pesar de sus extravagancias y de sus constantes cambios de humor. Ejercía sobre ellas un absoluto control y siempre se salía con la suya, aunque las demás no estuvieran de acuerdo.

Eran cinco.

Los verdugos eran cinco.

Diego pensaba en ellos a menudo, o mejor dicho, no se los quitaba de la cabeza en ningún momento. Eran cinco. Siempre los mismos. Sabía que había otros que les reían las gracias, que hasta les jaleaban y aplaudían en privado. Pero los verdugos, los auténticos verdugos, eran cinco. Solo cinco.

Conocía sus caras, sus nombres, sus direcciones, su forma de ser, sus problemas... Pero todo eso no le servía de nada.

En algún momento, al principio de las vejaciones, pensó que podría enfrentarse a ellos. Uno a uno. Buscarlos por separado y enfrentarse a ellos. Uno a uno, los desarmaría con sus razonamientos y sus palabras y, si llegaba el caso, hasta podría desarmarlos a puñetazo limpio. Pero con el paso del tiempo, ya no se sentía capaz ni de mirarlos a la cara. Ni siquiera uno a uno. Había perdido confianza en su capacidad, seguridad en sus palabras, fuerza en sus músculos... Su sumisión y su miedo lo habían empequeñecido. Ya no se atrevía a nada. Ya solo deseaba que en algún momento se cansasen de él y lo dejasen tranquilo. Pero llevaban un año así y no parecía que tuvieran intención de cesar. Al contrario, el acoso les producía un placer especial, extraño, y además les proporcionaba la fuerza y la seguridad de las que carecían.

Ya no podía enfrentarse a ellos y, por consiguiente, solo le quedaba huir, evitarlos a toda costa, tratar de ignorarlos. Aguantar y aguantar. Pero... ¿hasta cuándo? ¿Dónde estaban los límites? ¿Dónde estaban los límites de los verdugos y los límites de su propia resistencia? Pero... ¿existían límites?

Sus palabras, o más bien sus gritos, fueron como una violenta granizada. Sintió la furia del pedrisco sobre su espalda, sobre sus hombros, sobre su cabeza...

–¡Escoria!

–¡Puta escoria! Eso es lo que eres.

–Te crees muy listo, puto empollón. Pero te diré una cosa: el jazz y todas esas cosas que tienes dentro de la cabeza son una mierda. ¡Una puta mierda que solo gusta a los putos profesores!

–¡Con nosotros no tienes nada que hacer!

–*¡Bird, bird, bird!* ¡Puto pajarraco!

Estaba aún lejos del instituto. Intentó acelerar el paso, pero sus piernas no le respondieron. Entonces se esforzó por pensar en otra cosa, en algo que lo sacase como por arte de magia de aquella situación. Trató de obligar a su mente a volar lejos de allí, muy lejos, en el espacio y en el tiempo. Intentó cruzar la inmensidad del océano Atlántico y retroceder hacia el pasado. Finales de la década de los cuarenta del siglo XX. Nueva York. De noche. Uno de esos clubes que proliferaban entonces y donde actuaban los mejores músicos de jazz. El Birland, dedicado a Charlie Parker. El saxofonista actúa con otro genio, Dizzy Gillespie, que parece dejar escapar su alma por la trompeta. Intenta escuchar lo que están interpretando.

–¡Escoria!

–¡Puta escoria!

Alguien le pone la zancadilla. Se tambalea. Está a punto de caer al suelo, pero se mantiene en equilibrio.

Lo empujan por un lado y por otro. No quiere mirarlos.

Siente un golpe en su espalda; luego, otro a la altura de sus riñones; después, un tercero en el cuello.

–¡Escoria!

–¡Te vamos a matar!

–¡No mereces vivir!

Diego se resigna y acepta que lo maten de una vez. Trata de encogerse de hombros, de aparentar indiferencia, de sonreír incluso a los verdugos para indicarles que asume su veredicto y que está dispuesto a todo. Pero solo consigue continuar andando como un autómata.

No le parece mal la idea. Que lo maten, sí. Esa será la única forma de que acabe la tortura. Merecerá la pena morir para librarse de ellos. No le importa. Lo único que no entiende es por qué está muerto de miedo.

Siente una patada en su pantorrilla. Siente un rodillazo en su muslo. Siente un puño en su abdomen. Siente un manotazo en su cara. Siente un golpe en sus testículos.

Piensa: «Estoy dispuesto a morir. Hacedlo».

Lo adelantan corriendo. Le escupen. Se alejan.

–¡Escoria!
–¡Escoria!
–¡Escoria!
–¡Escoria!
–¡Escoria!
Son cinco.
Los conoce de sobra.
Solo son cinco.

6

Citoplasma

Su intención era adelantarse como de costumbre; por eso, en cuanto se escuchó el timbre que indicaba el final de la clase y el comienzo del recreo, Diego saltó del pupitre. Pretendía abandonar el aula cuanto antes y refugiarse en la biblioteca, que se había convertido para él en un bastión donde se encontraba a salvo. Los libros parecían formar una muralla que sus enemigos no estaban dispuestos a saltar. Pero antes de que pudiera darse cuenta, C.S.F. y E.C.D. ya se habían levantado y ambos se encontraban junto a la puerta. No dudó ni un momento que se trataba de unos movimientos planificados y que tendrían alguna finalidad. Además, D.M.A., J.R.S. y R.L.M. se apresuraban a reunirse con ellos.

Cambió de estrategia y volvió a sentarse. Abrió uno de sus libros y comenzó a pasar las hojas, como si estuviera buscando algo. Sentía que los latidos del corazón aumentaban en frecuencia y en intensidad; podía notarlos sin esfuerzo martilleando sus sienes.

Gloria pasó a su lado sin detenerse. La reconoció por su ropa, por su olor, por unas palabras que estaba cruzando con otra compañera. Sin embargo, no levantó la cabeza para mirarla ni siquiera de reojo. Dejó que se alejase por el pasillo, que saliera del aula, que se marchase al patio...

Cuando se encontró completamente solo, se atrevió a levantarse y a salir de clase. Caminaba despacio, titubeante, temeroso, mirando a un lado y a otro, como si sospechase que alguien pudiera aparecer debajo de los pupitres. Se animó un poco al ver que no había nadie en el pasillo y que todos, absolutamente todos, parecían encontrarse fuera del edificio. Intentó tranquilizarse. Solo tendría que llegar hasta el vestíbulo principal, atravesarlo y tomar el pasillo del lado opuesto hasta la puerta de la biblioteca. Apenas treinta metros. Apenas cuarenta pasos. Apenas veinte segundos. Apenas cuarenta y cinco pulsaciones de su corazón.

De pronto, el vestíbulo, ese espacio tan conocido, se presentó a sus ojos como un lugar inmenso, inabarcable, imposible de atravesar. Era más grande que una plaza, que una llanura incluso. Le vino a la mente entonces alguna secuencia de películas del Oeste: un hombre solo atravesando un desierto sin fin con un sol de justicia sobre su cabeza y con la única compañía de unos buitres que no dejan de observarlo para, al menor síntoma de debilidad, lanzarse despiadadamente sobre él.

Trató de convencerse de que su imaginación le estaba jugando una mala pasada y de que aquel lugar solo era el vestíbulo del instituto. Pero se sintió sin fuerzas y sin ánimos, por eso decidió refugiarse en los servicios, que se encontraban en un lateral, a su lado. En ellos pasaría todo el tiempo del recreo.

Entró en los servicios justo cuando salían dos chicos de otra clase a los que solo conocía de vista. Esquivó sus miradas. Observó la hilera de lavabos, los urinarios alineados en una de las paredes, una papelera volcada, los toalleros rotos, los espejos rayados... Luego se fijó en las cabinas individuales, con puertas que no llegaban ni al techo ni al suelo. Entró en una de ellas y echó el pestillo. Para que no se viesen sus pies por la abertura inferior, se subió al inodoro y se puso en cuclillas. Así tendría que aguantar los treinta minutos del recreo. Se animó pensando que ya solo quedaban veintitrés minutos. Mil trescientos ochenta segundos. Podría contarlos para no aburrirse, para no pensar en otras cosas, para no pensar en sí mismo, encerrado en un retrete, acuclillado sobre la taza del váter. Olía mal. Olía muy mal. A orines. A mierda. Probablemente olía tan mal como en cualquier otro servicio de instituto. La puerta estaba llena de grafitis. Comenzó a leer algunos. Muchos no tenían sentido, eran una especie de firma ilegible. Otros eran obscenos y se adornaban con dibujos de penes erectos, de vulvas femeninas, de grandes tetas.

Al poco tiempo sintió con claridad que se abría la puerta de los servicios. Pensó que lo habían descubierto. Imaginó que lo habían visto entrar y que venían a por él. Comenzó a temblar. Tenía las piernas entumecidas por la postura. Comenzó a sudar aunque no hacía calor.

Distinguió sus voces, sus risas.

Eran ellos: los verdugos.

Los conocía de sobra a los cinco: C.S.F., E.C.D., D.M.A., J.R.S, R.L.M.

Pero, además, esta vez reconoció una voz distinta. Era una voz angustiosa que, al principio, intentaba oponer seguridad y firmeza; pero que enseguida se desvanecía suplicando clemencia y que al final estallaba en un violento rosario de insultos e improperios, fruto de la impotencia y la desesperación.

Era Citoplasma.

Estaba seguro de que se trataba de él, a pesar de que no podía verlo. Su voz era inconfundible.

Se recrudecieron las risas y pudo escuchar algunos golpes. Luego tuvo la sensación de que alguien rodaba por el suelo.

Y más risas. Y más gritos. Y más insultos.

Hacía ya un rato que Citoplasma había enmudecido.

Percibió después cómo salían atropelladamente de los servicios. Un portazo. Y de nuevo el silencio, un silencio extraño, expectante, acompañado solamente por el eructo de alguna cañería.

Diego trataba de no moverse, a pesar de que la postura mantenida sobre el inodoro le empezaba a resultar muy incómoda, incluso dolorosa.

Al cabo de un rato oyó la voz de Citoplasma. Se dirigía a él, sabía que estaba escondido en una de las cabinas individuales.

–Ya se han ido, puedes salir.

Pero Diego no se movió, incluso contuvo la respiración durante algunos segundos.

–No les he dicho dónde estabas escondido –continuó Citoplasma–. Y no sé por qué lo he hecho. Te buscaban a ti y me hubieran dejado tranquilo si llego a decírselo. Puedes salir. Seguro que no vuelven ya, al menos durante el recreo.

Diego comenzó a reaccionar lentamente. Sujetándose en las paredes laterales, se fue incorporando poco a poco. Luego, bajó del inodoro con cuidado. Descorrió el pestillo y abrió una rendija de la puerta. Citoplasma estaba junto a uno de los lavabos. Se había quitado la camisa y parecía estar lavándola en la pileta. Observó minuciosamente el resto de los servicios. No había nadie. Solo entonces salió de la cabina.

–¿Qué estás haciendo? –preguntó a Citoplasma.

–Me han meado la camisa. Estoy lavándola.

–Pero no podrás llevarla mojada.

–Prefiero llevarla mojada antes que meada, aunque coja una pulmonía.

–¿Tú sabías que estaba aquí escondido?

–Te vi entrar.

–Gracias por no decir nada.

Citoplasma estrujó con sus manos la parte de la camisa que había mojado para escurrir el agua. Luego la estiró cuanto pudo y finalmente se la puso como si tal cosa.

–Me daré una vuelta por el patio, al sol, a ver si se seca un poco.

–¿No tienes miedo de que vuelvan?

–No, conmigo ya se han quedado a gusto. Te buscaban a ti, así que más te vale que no salgas de los servicios hasta que oigas el timbre de entrada.

Y se marchó como si tal cosa, estirándose una y otra vez los faldones de la camisa para evitar las arrugas. Cuando Diego volvió a encontrarse solo en los servicios, se encerró de nuevo en una de las cabinas y se subió sobre el inodoro para que sus pies no se viesen desde el exterior. Miró su reloj. Ya solo faltaban ocho minutos. Cuatrocientos ochenta segundos.

Con Citoplasma siempre había coincidido en la misma clase desde que llegó al instituto. Se llamaba Federico, aunque todos le llamaban Fede hasta que le cayó encima el mote de Citoplasma. Se generalizó tan rápido que en poco tiempo algunos hasta se habían olvidado de su verdadero nombre. Diego recordó que a veces también se había referido a él por el mote, y lo había hecho como la cosa más natural del mundo. Además, Citoplasma parecía haberlo asumido, si no con agrado, sí con indiferencia. Incluso, en alguna ocasión le había oído referirse a sí mismo por el mote y no por su nombre verdadero.

Citoplasma.

Fue tan absurdo como lo de *Bird.*

La profesora de Biología lo sacó en una ocasión a la pizarra y le preguntó por la célula. Le pidió que dibujase una. Fede, al que el dibujo se le daba fatal, intentó complacerla. Trazó una especie de circunferencia de gran tamaño.

–¿Qué es eso? –preguntó la profesora.

–El citoplasma –respondió Fede.

Se produjo una absurda carcajada general y alguien hizo correr la voz de que Fede había dibujado su propia cara. Y eso fue todo. Desde ese día, Fede se convirtió en Citoplasma y todos comenzaron a llamarle por ese nombre con la mayor naturalidad.

Entonces Diego recapacitó durante unos segundos y sus propios pensamientos lo aterrorizaron. Y el terror no se lo produjo el descubrimiento que acababa de hacer, sino el hecho de no haberlo descubierto hasta entonces.

Fede estaba viviendo una situación similar a la suya, posiblemente peor, porque se dilataba en el tiempo y porque se había hecho general entre todos los compañeros. Meterse con Fede era algo habitual, como gastarle bromas pesadas, ridiculizarlo, hacerle burla, sacarle chistes, mofarse de su forma de hablar, de andar, de ser... Era como si todo el mundo diera por supuesto que en todas partes tiene que haber alguien que desempeñe el papel de bufón, y ese papel le correspondía por méritos propios a Fede, alias Citoplasma.

«Méritos» no le faltaban. Tan solo había que echarle un vistazo. Estaba muy gordo, pero no como otros gordos. Su gordura era diferente; sus carnes, que le rebosaban por todas partes, eran fofas, blandas, flácidas... Era ligeramente patizambo, circunstancia que se agravaba por el volumen descomunal de sus muslos, lo que le daba un aire ridículo al caminar. Su cabeza grande era otra de las cosas que llamaban la atención, y no por su tamaño considerable, sino por la falta de cuello que la uniese al tronco y, sobre todo, por una enorme cara redonda y colorada, como una gigantesca sandía abierta de las que a veces se exhiben en las fruterías. Para rematar el conjunto, y como si todos los hados se hubieran vuelto contra él, estaba su voz, fina y aguda, aflautada, que a veces se quebraba en su garganta produciendo un sonido aún más estridente; era como la de una vicetiple cursi con ganas de escupir, o como la de un viejo *castrato* del Vaticano con resfriado.

Pensaba Diego en estas cosas y no podía evitar compararse con Fede. Sí, era cierto que los dos tenían un mote: *Bird* y Citoplasma. Pero solo esa circunstancia los unía. Él no era gordo, ni fofo, ni patizambo, ni tenía la voz de mujer... Con estos razonamiento no es que quisiera justificar la actitud que todos mantenían respecto a Fede; lo que pretendía era comprender por qué él, que era alto, delgado, atlético, guapo, inteligente... sufría una situación similar. Además, a Fede parecía no preocuparle que los demás se riesen a su costa; pero a él este hecho le quitaba hasta el sueño.

Aguantó sobre el inodoro hasta que sonó el timbre que marcaba el final del recreo. Como sintió que algunos alumnos entraban en el servicio antes de volver a clase, aguardó un poco más para salir. Solo cuando volvió el silencio total, la calma, se incorporó y saltó del inodoro. Abrió la puerta y se dirigió a clase. Como sospechaba, ya todos estaban en su sitio, incluido el profesor.

Cuando entró, se encontró a este hablando con Citoplasma. Había reparado en su camisa mojada y le había preguntado por la causa.

–Me salpiqué al beber agua –respondió Fede.

La clase entera reía con ganas.

Diego llegó a su pupitre y se sentó. Había mantenido en todo momento la mirada baja, sobre todo para evitar cruzarla con la de los verdugos.

–Está empapada –continuaba el profesor mientras examinaba la camisa de Fede.

–Sí.

–Vete a casa y te cambias de ropa.

–No, prefiero quedarme.

–Como quieras, pero así vas a pillar un constipado.

Diego pensó que Fede también tenía miedo, como él, y por eso no se atrevía a contar la verdad, a explicar que la camisa no se le había mojado al beber agua, sino que los verdugos le habían meado encima y había tenido que lavarla, porque, como le había explicado, siempre es mejor llevar una camisa mojada que meada.

Entonces pensó que tenía que devolverle el favor que le había hecho, y solo había una forma: contaría toda la verdad y le explicaría al profesor lo que había ocurrido. Después, denunciaría a los verdugos. No lo haría por él, sino por Citoplasma. Solo tenía que alzar el brazo para llamar la atención del profesor. Este, en cuanto lo viese, le preguntaría. Entonces lo contaría todo con pelos y señales y descubriría que si Fede tenía la camisa mojada era porque antes le habían meado en ella. Luego, solo tendría que señalar uno por uno a los verdugos.

Eran cinco.

Solo cinco.

Los conocía de sobra.

Sabía sus nombres. C.S.F., E.C.D., D.M.A., J.R.S., R.L.M.

Señalarlos con el dedo no era ser un chivato. Un chivato es siempre un cobarde, y lo que él iba a hacer requería un valor a prueba de bombas.

Lo haría por Fede. Lo haría por Citoplasma. Y en el fondo lo haría por él mismo.

Solo tenía que alzar el brazo.

Lo intentó varias veces y no lograba entender por qué el brazo no se levantaba. Sus músculos tiraban de él y creaban una gran tensión, pero una fuerza más grande y misteriosa, una fuerza que emanaba directamente de su cerebro, le impedía hacer cualquier movimiento.

Citoplasma se había sentado como si tal cosa en su pupitre, con la camisa por fuera del pantalón, arrugada y húmeda. Diego se quedó mirándolo y le dieron ganas de llorar. Le dieron ganas de salir corriendo. Le dieron ganas de gritar. Le dieron ganas de abrir la ventana y saltar al vacío, como un pájaro sin alas.

El profesor había comenzado las explicaciones y dibujaba un gráfico en la pizarra.

Diego buscó uno de sus cuadernos. Comenzó a pasar hojas hasta llegar a la última escrita. Allí se encontró un papel doblado. Lo desdobló despacio, teniendo la precaución de ocultarlo entre sus manos. Reconoció los trazos del rotulador y de la letra: ESKORIA.

Estrujó el papel y lo dejó caer al suelo; luego lo pisó con fuerza, dejando su zapato sobre él.

Pensó que los verdugos actuaban con inteligencia. No habían querido escribir esa palabra directamente en su cuaderno, pues sabían de sobra que a veces los profesores los revisaban. Si alguno hubiese visto esa palabra, le hubiese preguntado a Diego por su significado.

Copió en su cuaderno el gráfico que había hecho el profesor en la pizarra. Luego giró la cabeza y miró a Fede. Este, como si hubiese sentido su mirada, también se volvió. Se miraron unos segundos. Fede sonrió. Diego intentó imitarlo, pero no pudo.

7

Armas invisibles

Como ya era su costumbre, al final de la última clase se retrasó a propósito para dejar que todos los demás salieran con el apresuramiento habitual y, sobre todo, los verdugos. Concentró su mirada en uno de sus cuadernos y fingió que estaba escribiendo algo. Sabía que a los ojos de muchos ese gesto serviría para acrecentar su fama de empollón, pero dio por bueno el precio que tenía que pagar. Cualquier ardid era bueno con tal de evitar compañías desagradables.

Solo cuando intuyó que todos habían abandonado el aula, cerró el cuaderno y lo guardó en su mochila. A continuación levantó la cabeza y miró a su alrededor, con un gesto entre precavido y receloso. Fue entonces cuando descubrió a Citoplasma. Estaba de pie junto a su pupitre, dos filas más allá.

–Aún no se ha secado del todo –le dijo aireando los faldones de su enorme camisa.

–¿Por qué no te has marchado, como los demás? –le preguntó Diego.

–¿Por qué no lo has hecho tú? –respondió Fede, encogiéndose de hombros.

Salieron juntos del aula y del recinto del instituto. Ya no quedaba ni rastro de los alumnos. A mediodía, cuando terminaban las clases, todos salían en desbandada.

–Tendré que inventarme algo cuando me pregunte mi madre.

–¿Te refieres a la camisa?

–Claro.

–Dile que cayó un chaparrón a la hora del recreo y te pilló en el patio.

Fede alzó la mirada y contempló el cielo completamente azul, sin una nube. Luego sonrió.

–En cierto modo tienes razón: lo que me cayó encima fue un chaparrón. ¡Y menudo chaparrón!

–¿Por qué te ríes? –pareció molestarse Diego.

–No querrás que me ponga a llorar.

–Parece como si no te importase, como si te hubieras resignado.

–Creo que me he resignado.

–¡Cómo puedes decir eso!

–Porque es la verdad.

–No te creo.

–Contigo se meten desde el curso pasado. Conmigo, desde que tengo uso de razón. ¡Si no me hubiera resignado...!

–Pero... ¿uno puede resignarse a soportar esas cosas?

–Uno se acostumbra a todo.

–Yo no.

–Pues peor para ti, porque sufrirás mucho más. Mi consejo es que no hagas caso de nada de lo que te digan o hagan.

–Eso es muy fácil decirlo.

–Te lo dice alguien con mucha experiencia. Tienes que pasar de ellos, ignorarlos. Como si no existieran. Tienes que ir siempre a lo tuyo, a tu bola, ¿entiendes?

–No sé cómo puedes decir eso.

–Habla la voz de la experiencia –volvió a reír Fede, como si sus palabras le hicieran mucha gracia–. Te irá mejor si me haces caso. Recuerda siempre mi consejo: a lo tuyo, a tu bola, pasa de ellos.

–Son ellos los que no pasan de mí.

–No les hagas caso. Tú, a lo tuyo, a tu bola.

–¿Eso es lo que haces tú?

–Yo paso de todo el mundo.

–No te creo.

–Desde que estaba en la guardería, recuerdo a mis compañeros metiéndose conmigo, llamándome gordo y riéndose de mi forma de andar, de mi voz de pito, de mi dificultad para hacer las cosas que ellos hacían. ¡Si no hubiera pasado de todos y de todo...! Ahora me da igual que se metan conmigo, que se rían de mí, que me pongan motes. Incluso, a veces, hasta les sigo la corriente y me río con ellos. ¿Lo entiendes? Yo, a mi bola. No hay otra solución.

–¿Y también te da igual que te meen encima?

Fede se detuvo en seco y clavó su mirada en Diego. El gesto risueño que había mantenido todo el tiempo se desdibujó violentamente de su rostro.

–Eso no me da igual.

–¿Lo ves?

–Es la primera vez que lo hacen. Y tú has tenido la culpa.

–¿Yo? –se extrañó Diego.

–Iban buscándote a ti. Estaban furiosos porque no te encontraban y lo pagaron conmigo.

–¿Y por qué no les dijiste dónde estaba?

–No sé.

Reanudaron la marcha en silencio, sin mirarse, con la cabeza baja, cada uno embebido en sus pensamientos.

–Gracias –dijo de pronto Diego.

–¿Por qué? –preguntó Fede.

–Por no descubrirme.

–Ya me has dado las gracias antes.

–No importa.

–Pues... de nada.

Los dos sabían que podían seguir hablando y hablando. Eran muchas las cosas que tenían en común, muchas las experiencias que estaban viviendo por separado pero que se parecían como dos gotas de agua. No se trataba de cosas sin importancia, superficiales, sino de asuntos que afectaban a lo más profundo de su ser y que estaban conformando sus sentimientos y hasta su carácter. Sin embargo, no parecían encontrar las palabras adecuadas, o el momento preciso, o la intimidad necesaria, y permanecían callados, caminando despacio por esas calles que les resultaban tan familiares, las calles de su vida, las calles por las que transitaban a diario en uno y otro sentido.

En silencio, llegaron al punto en el que tenían que despedirse.

–Yo sigo por esta calle.

–Yo, por la otra.

–Hasta mañana.

–Hasta mañana. Y recuerda lo que te he dicho.

–¿Qué?

–Tú, a tu bola.

–Ya, ya...

–Es muy importante. Pase lo que pase, tú, a lo tuyo.

Diego se quedó un instante mirando cómo Fede se alejaba. Realmente su aspecto era grotesco y, al observarlo, casi sin querer, resultaba fácil hacer un chiste estúpido. Aunque le parecía tremendamente injusto, comprendía que se hubieran cebado con él desde que estaba en la guardería. Pero ese mismo pensamiento le conducía de inmediato a su caso, y cuanto más y más pensaba, menos lo entendía. Él no se parecía en nada a Fede, en nada de nada. Él no tenía aspecto grotesco, ni era desproporcionado, ni obeso, ni feo, ni torpe de movimientos... ¿Por qué lo habían elegido, entonces, a él? Era la pregunta de siempre, la odiosa pregunta de siempre. La pregunta sin respuesta.

Alzó la voz y lo llamó:

–Citoplasma.

Fede se detuvo y se volvió de inmediato.

–¿Qué?

Diego se dio cuenta de su metedura de pata e intentó rectificar.

–Perdona, Fede. Lo he dicho sin darme cuenta. Perdona, de verdad...

–No importa. Puedes llamarme Citoplasma. Casi ya me gusta más que mi nombre verdadero. Hace poco oí decir que uno puede cambiarse el nombre si no le gusta. Solo hay que ir al Registro y solicitarlo. Creo que un día iré a cambiar el mío. Que borren Federico y pongan Citoplasma.

–No digas tonterías.

–Hablo en serio. Citoplasma es bonito. Suena a...

–A clase de Biología.

–No solo a eso. Suena... bien. ¿Tú no te cambiarías el nombre?

–No.

–¿Ni aunque te llamases Tiburcio?

–Bueno, si me llamase Tiburcio...

–O Erundino.

–O Abundio –continuó la broma Diego.

–O Cojonciano.

–Ese te lo has inventado.

–Que no, que existe también.

–¿Te imaginas llamarte Cojonciano?

Los dos comenzaron a reír de buena gana. A Diego le resultaba sorprendente el buen humor que mantenía Fede y, además, su capacidad para contagiárselo a los demás, al menos a él. Recordó que hacía mucho tiempo que no se reía así.

–¿Qué querías? –le pregunto de pronto Fede.

–No, nada... Solo había pensado que podíamos vernos de vez en cuando y charlar un rato. Me refiero a fuera del instituto.

–Bueno.

–Si a ti te apetece, claro.

–Sí.

–Podemos quedar algún día.

–Si quieres, puedes venir conmigo esta tarde.

–¿Adónde irás?

–Daré la vuelta a toda la ciudad.

–¿Andando?

–¡No! En autobús. Lo hago a menudo. Me gusta. Cojo el de la línea Circular, me siento al lado de una ventanilla y... Me gusta mirar la ciudad desde el autobús. La gente entra y sale y tú sigues ahí sentado, a tu bola. Nadie se preocupa por ti.

–¿Cuánto tarda el autobús en dar la vuelta entera? –sintió curiosidad Diego.

–Depende del tráfico. Una hora y media. Dos horas. Más o menos. A mí no me importa lo que tarde porque en realidad no voy a ninguna parte, es decir, vuelvo al punto de partida. Solo eso. Lo importante para mí es el viaje, no el destino.

–Creo que me apetecerá hacerlo algún día.

–A ti te gustaría, estoy seguro.

–Lo comprobaré.

–Cuando quieras.

Fede reanudó la marcha y Diego lo observó por última vez. Pensó durante unos segundos en lo que su imagen le sugería: tenía la majestuosidad de un elefante y la comicidad de un pingüino. Se avergonzó de sus propios pensamientos, pero le consoló el hecho de saber que Fede era un tipo resignado que pasaba de todos, incluso de él mismo.

Continuó hacia su casa y, por primera vez en mucho tiempo, su mente no pensaba en los verdugos, en la posibilidad de que estuvieran acechando en las proximidades.

Pensaba, por el contrario, en un autobús de la línea Circular, un autobús que daba vueltas y vueltas a la ciudad, como una peonza incansable, siempre por las mismas calles y avenidas, sorteando las mismas obras, deteniéndose ante los mismos semáforos...

Y de repente sintió unas ganas enormes de subirse en ese autobús, sentarse junto a una ventanilla y pegar su cara al cristal. Alejarse del barrio, dar una vuelta completa a la gran ciudad y regresar.

Tan embebido estaba en estos pensamientos que no se dio cuenta de que un pequeño grupo de personas se había unido a él. Eran de su edad y parecían conocerlo de sobra, porque enseguida comenzaron a decirle cosas:

–¡Escoria!

–¡Puta escoria!

Hizo un esfuerzo por no alterarse. No aceleró el paso ni lo aminoró, no volvió la cabeza, no modificó sus gestos... Haría caso a Citoplasma, a Fede: se resignaría y, sobre todo, pasaría de ellos.

«Yo a mi bola...», pensó, recordando los consejos que acababa de recibir.

Y volvió a concentrarse en el autobús de la línea Circular. Nadie toma ese autobús para dar la vuelta entera a la ciudad, así que la gente iría entrando y saliendo constantemente. Irían desfilando un montón de personas de todo tipo. Dos señoras mayores que se quejaban en voz alta de un frenazo brusco. Un obrero con un mono manchado de pintura que daba cabezadas. Un señor con corbata que repasaba el código de circulación. Una chica de su edad que escuchaba música por unos auriculares. ¿Qué música estaría escuchando la chica? A él le gustaría saberlo, y quizá en algún momento del trayecto se atrevería a preguntárselo; pero tendría que darse prisa, pues como el autobús de la línea Circular no tenía destino, aquella chica podía bajarse en el momento más inesperado.

–¡Escoria!

–¡Puta escoria!

Podía preguntarle a la chica: «¿No estarás escuchando jazz, por casualidad?». Aunque lo más probable es que ella le respondiese: «¿Jazz? ¿Qué es eso?». Pero así podían iniciar una conversación, así podían conocerse. Tendría que conocer a otras chicas, sobre todo ahora que Gloria lo había dejado. ¡Gloria! De pronto comenzó a pensar en ella. Quizá era ella la chica que iba en el autobús de la línea Circular con los auriculares puestos. ¡Qué casualidad! ¡Gloria! ¿Eres tú?

Podía oír su nombre con nitidez. Sí, estaba seguro. Su nombre se repetía una y otra vez entre palabras horribles.

–¡Escoria!

–¡Puta escoria!

–Ya sabemos que Gloria te ha dejado.

–Ella no quiere salir con un pajarraco como tú. *¡Bird!*

–¡Pío, pío, pío!

–Es guapa Gloria.

–Sí, está muy buena Gloria.

–Te diré lo que vamos a hacer con ella: nos la vamos a ligar.

–Lo vamos a pasar muy bien con Gloria.

–Tiene un buen culo Gloria.

–Y unas buenas tetas.

–Y ella lo pasará bien con nosotros. Descubrirá lo que es salir con un tío, no con un pajarito. ¡Pío, pío, pío!

–Se dará cuenta de que ha estado perdiendo el tiempo con una puta escoria.

«Pasa de ellos, Diego. Tú, a tu bola. Piensa en otra cosa. No les prestes atención. Resígnate con tu suerte y piensa en el autobús de la línea Circular, que se ha mareado de dar tantas vueltas a la ciudad, piensa en Charlie Parker, piensa en los consejos de Citoplasma, de Fede... Tú, a tu bola, a tu bola, a tu bola...».

Quería resignarse, como Fede. Mostrar indiferencia, como Fede. Seguirles incluso la corriente, como Fede... Pretendía que le resbalasen las palabras de los verdugos, de igual manera que las gotas de lluvia resbalan por los cristales de las ventanas empañadas. Pero era imposible, porque aquellas palabras no eran simples palabras, sonidos articulados; eran aguijonazos o, peor, eran dardos envenenados, lanzadas violentas... No podían resbalar por su piel por la sencilla razón de que se clavaban, la atravesaban, y soltaban su veneno dentro.

–¿Quieres saber lo que vamos a hacer con Gloria?

–¿Quieres saber lo que Gloria va a hacer con nosotros?

Se detuvo en seco. Podría resignarse, como el experto Fede le aconsejaba, mostrar indiferencia y pasar de ellos; tal vez podría hacerlo si aquellas palabras fueran dirigidas a él. Pero no era así. Los verdugos habían descubierto una forma de hacerle aún más daño, de herirle en su orgullo, en su amor propio, en su dignidad... Y además, se recreaban hurgando salvajemente en la herida.

Diego los miró a la cara. Quizá por primera vez desde que se habían convertido en verdugos se atrevió a mirarlos a la cara. A los cinco. Los conocía de sobra. Eran solo cinco. Conocía sus nombres y sus apellidos. No podía soportarlo más.

Por un momento pensó que explotaría como un volcán en erupción al que alguien ha colocado un tapón en el cráter. En el fondo, estaba deseándolo. No le importaba perder el control de todo, incluso de sí mismo. Cerró los ojos y deseó más que nada que se produjera el estallido.

Pero pasaban los segundos y no ocurría nada extraño. Se preguntó por qué su voz no salía de su garganta como un trueno y, por contra, enmudecía misteriosamente. Se preguntó por qué no se abalanzaba sobre ellos como un huracán desatado y los golpeaba con fuerza. ¿Por qué no lo hacía? ¿Por qué sus músculos se volvían de repente de gelatina?

¿Por qué le pasaban esas cosas? ¿De qué extraño poder gozaban los verdugos para inmovilizarlo de aquella manera? Notó un temblor en sus piernas y una angustia que le subía desde el estómago. No podía moverse. Estaba paralizado, como la más patética de las estatuas.

Los verdugos lo rodearon y no dejaban de vociferar. Los cinco hablaban a la vez, gritaban a la vez; pero él solo oía una palabra repetida hasta la desesperación:

–¡Escoria, escoria, escoria, escoria, escoria...!

Entonces pensó que también le mearían, como habían hecho con Fede. Y se dio cuenta de que no podría oponer ninguna resistencia, ni física ni verbal. Ni siquiera podría pedir socorro a alguna de las personas que transitaban por la calle y que volvían la cabeza para mirarlos, entre curiosas e indiferentes. Tendría que volver a casa con la ropa mojada e inventarse también una disculpa absurda.

Sintió un manotazo y su mochila cayó al suelo. Uno de los verdugos la abrió y la levantó para que todo lo que hubiera en su interior cayese fuera. Sus libros y cuadernos quedaron desparramados por la acera.

Entonces, los verdugos se dieron por satisfechos y se marcharon sin dejar de insultarlo.

Se miró la ropa. Al menos a él no le habían meado.

Solo cuando los perdió de vista fue capaz de reaccionar. Se agachó y comenzó a recoger sus pertenencias. Volvió a colocarlas en su sitio, dentro de la mochila. Luego se la cargó al hombro.

Reanudó la marcha.

Trató de reconocerse a sí mismo, pero no pudo. Su mente estaba arrasada, como un campo de batalla después del combate. Todo desolación. Horror. Desesperanza.

Intuía que sus verdugos poseían armas para él desconocidas, armas misteriosas, invisibles y demoledoras. Armas endemoniadas contra las que nada podía oponer. Armas que le estaban destruyendo poco a poco y que acabarían convirtiéndolo inexorablemente en escoria. Estaba en el camino. Las dudas a las que trataba de aferrarse se iban disipando y ya estaba convencido de que un hombre, un ser humano, con toda la complejidad y hondura de un ser humano, puede convertirse en un pedazo de escoria. Solo era preciso que otros seres humanos se empeñasen en conseguirlo.

¡Y si además poseían armas invisibles...!

8

La línea Circular

Una tarde quedó con Fede y juntos se subieron en un autobús de la línea Circular. Lo hicieron en la parada más cercana a sus domicilios y encontraron dos asientos vacíos al final.

–Es un sitio buenísimo –comentó enseguida Fede–. Aquí no te molesta nadie al entrar o salir.

Durante los primeros minutos, el autobús recorrió las calles del barrio. A Diego le resultaba familiar todo lo que veía por la ventanilla: edificios, comercios y hasta algún peatón que caminaba por la acera. Contemplaba todo con una sensación nueva, extraña. Por supuesto, no era la primera vez que cogía un autobús en el barrio para desplazarse a algún lugar de la ciudad, incluso el de la línea Circular; pero sí era la primera vez que lo hacía para no ir a ninguna parte, es decir, para volver después de un gran rodeo al punto de partida. Esa circunstancia convertía la experiencia en algo novedoso y de alguna manera despertaba su curiosidad y su interés. Al no existir destino, lo interesante de aquel viaje tenía que ser, por fuerza, el propio viaje.

Recordó las explicaciones de un profesor de Literatura sobre la *Odisea,* el largo viaje de Ulises después de la guerra de Troya, la vuelta al hogar, a la añorada Ítaca. A aquel profesor le oyó hablar por primera vez del poeta Kavafis, que vivió casi toda su vida en la ciudad de Alejandría. Cuando regresó a casa, estuvo rebuscando por la biblioteca de sus padres y, por fortuna, encontró una antología del poeta. Desde ese día, los versos titulados precisamente *Ítaca* formaban parte de sus favoritos. Se los sabía de memoria:

Cuando emprendas tu viaje a Ítaca,
pide que el camino sea largo.
(...)
Que sean muchas las mañanas de verano
en que llegues –¡con qué placer y alegría!–
a puertos antes nunca vistos.
(...)
Llegar allí es tu destino.
Mas no apresures nunca el viaje.
Mejor que dure muchos años
y atracar, viejo ya, en la isla,
enriquecido de cuanto ganaste en el camino
sin aguardar a que Ítaca te enriquezca.

Sonreía mientras recordaba los versos, pues le parecía un disparate comparar el viaje de Ulises con una vuelta a la ciudad en un autobús. Pero de alguna manera añoraba las aventuras del viejo héroe y, en el fondo, deseaba que el autobús se perdiera en un intrincado laberinto de calles y carreteras y tardase veinte años en volver. ¡Veinte años! Quizá esa fuera la única solución de sus problemas y sus angustias: que pasasen veinte años y que él, robustecido por las experiencias vividas durante ese tiempo, regresase al origen y se enfrentase a sus enemigos.

–¿En qué piensas? –le preguntó de pronto Fede.

–En Ulises –respondió Diego como si tal cosa.

–¿El del caballo de Troya?

–El mismo.

Pero resultaba evidente que no iban a bordo de una rudimentaria nave de madera por el Mediterráneo, con las velas henchidas por el viento, sino en un moderno y funcional autobús urbano, de plástico y metal. La enorme ventanilla les permitía ver un paisaje tan monótono y cambiante como el mar: edificios por todas partes, cientos y cientos de tiendas, riadas de automóviles en todas las direcciones, gente...

–¿Te gusta?

–No sé. Acaba de empezar.

–Es la primera vez que hago este viaje con compañía.

–¿Es distinto a hacerlo solo?

–Sí, muy distinto.

–¿Por qué?

–Cuando vas solo, enseguida te pones a pensar en tus cosas. Ves todo lo que pasa a tu alrededor y te encierras dentro de ti mismo. Pero con compañía es distinto.

–¿Te concentras peor en tus asuntos?

–Sí.

–A lo mejor hubieras preferido estar solo.

–No, no. Ya lo he hecho solo muchas veces. Y podré seguir haciéndolo. Me gusta que hayas venido.

Diego había dejado que Fede se sentase junto a la ventana. Aunque él estaba algo más retirado de la misma, su visión de la calle era buena, sobre todo debido al gran tamaño de la cristalera. Comprobó que ya no le resultaba familiar el paisaje, y aunque la ciudad siempre se parecía a sí misma en todos sus rincones, sintió que el nuevo barrio le resultaba bastante desconocido.

Las paradas se sucedían y la gente entraba y salía del autobús como si de un rito se tratase. Los que iban a bajar se levantaban poco antes de llegar a su destino, se acercaban a la puerta y pulsaban un timbre que avisaba al conductor de sus intenciones. Los que iban a subir se arremolinaban en la acera e, incluso, hacían señas al autobús antes de que se detuviera, temerosos de que no parase. El trasiego de pasajeros era incesante y solo Diego y Fede permanecían ajenos a él, sentados al final, tranquilamente.

Diego pensó que Fede buscaba lo mismo que él cuando le proponía a Gloria alejarse del barrio, marcharse a otra zona lejana de la gran ciudad, a un sitio donde fuera prácticamente imposible que los reconocieran. Buscaba sentirse invisible.

–¿Te gustaría poder volverte invisible? –le preguntó de sopetón.

Fede se volvió y se quedó mirándolo durante unos segundos.

–¿A ti no?

–A mí me encantaría –reconoció Diego.

–¿Para meterte sin ser visto en los vestuarios de las chicas? –continuó preguntando Fede.

–¡No seas tonto! –rio Diego–. No creo que a ti te gustase ser invisible para hacer eso.

–¿Para qué te gustaría serlo a ti? –continuó Fede con el asedio.

–Creo que tú ya lo sabes.

–No lo sé.

–Puedes imaginarlo.

–No lo imagino.

–Lo sabes.

–Que no...

Diego se dio cuenta de que, en el fondo, Fede estaba jugando con él. Sabía de sobra por qué le gustaría poder volverse invisible, pero quería obligarlo a decírselo en voz alta.

–Para librarme de ellos –lo dijo finalmente.

–¿Te refieres a...?

–Sí.

Fede se había salido con la suya y había oído lo que pretendía oír. Diego notó que se sentía satisfecho por ello. Por eso, decidió pasar de inmediato al contraataque.

–Ahora te toca a ti –le dijo.

–¿A mí? –fingió sorpresa Fede.

–Sí. Dime por qué te gustaría volverte invisible a ti.

Fede miró fijamente a través de la ventana, como si su respuesta se encontrara al otro lado del cristal.

–Por lo mismo que a ti –le respondió sin volverse–. ¿Pensabas que podía existir otro motivo?

–No.

–Claro que, bien mirado, eso de meterse en los vestuarios de las chicas sin que ellas puedan verte no estaría nada mal.

–Pues... ahora que lo dices, no estaría nada mal.

Sonrieron de manera un poco forzada, casi por obligación.

Comenzó a chispear. Las cuatro gotas que estaban cayendo parecieron alterar el ritmo de la ciudad, el movimiento constante de las cosas. Daba la sensación de que la ciudad entera se ponía en guardia, entre sorprendida y molesta. Se abrieron algunos paraguas y los limpiaparabrisas de algunos coches comenzaron a barrer con desgana las lunetas.

Miraba el rostro de Fede reflejado en el cristal. Era un rostro impasible, inalterable, en el que era difícil atisbar algo. Observador por naturaleza, Diego había descubierto que existen rostros que parecen transparentes, en los que da la sensación de que pueden leerse hasta los pensamientos. Pero también existen rostros impenetrables, opacos, difusos, en los que apenas descubrimos nada. Fede pertenecía al segundo grupo; por eso no le quedaba más remedio que seguir indagando, preguntando, para romper esa especie de coraza invisible que lo protegía, y que quizá él mismo se había colocado con premeditación.

–¿Eso es lo que buscas cuando coges este autobús?

–¿A qué te refieres?

–A volverte invisible.

–Tal vez sí –reconoció Fede.

–Lo sabía.

–Pero lo descubrí con el tiempo. La primera vez que me subí a este autobús, no sé por qué lo hice. Fue solo un impulso. Luego, me fui dando cuenta de que cada vez que lo cogía me volvía un poco invisible: me sentaba aquí y tenía la sensación de que nadie podía verme. Y eso me gusta mucho. Cada día me gusta más.

Diego volvió a mirar con fijeza su reflejo en el cristal. Luego, lo atravesó para llegar hasta la calle, que ya empezaba a verse mojada. Un grupo de personas se había refugiado bajo el toldo de una pastelería. Dos hombres parecían estar discutiendo. Un perro defecaba en el alcorque de un árbol, ante la mirada indiferente de su ama. Una motocicleta de pequeña cilindrada circulaba impunemente por la acera, sorteando árboles, farolas y, sobre todo, viandantes.

–Eres un mentiroso –dijo de pronto Diego.

Fede ni se inmutó. Le respondió sin volverse.

–¿Por qué?

–Porque estoy convencido de que tú no te has resignado a sufrir lo que te está pasando. Porque eres de carne y hueso, como todo el mundo.

–Más carne que hueso –rio Fede.

–Creo que hasta tratas de protegerte con tu sentido del humor. Yo te admiro por todo eso. Pero a mí no me engañas, a mí no puedes engañarme. Tú no te has resignado. Tú no pasas de nada.

–Voy a mi bola, ya te lo dije.

–No te creo.

–Allá tú.

–Algún día te lo demostraré.

Fede se encogió de hombros con aparente indiferencia. Diego se recostó sobre el respaldo de su asiento y echó un vistazo al autobús. Ahora estaba casi vacío. Era curioso:

dependiendo de las zonas por las que pasaba, se llenaba de pasajeros o se quedaba prácticamente vacío. Estaba claro que unos tramos de su recorrido eran más utilizados que otros. Miró hacia la calle y trató de averiguar la zona por la que iban. No tenía ni idea. No era capaz de reconocer nada: ningún edificio singular, ninguna avenida, ningún puente...

–¿Dónde estamos ahora?

–No sé cómo se llama este barrio, pero enseguida llegaremos a una zona conocida.

En ese momento, Diego pensó que hacía mucho tiempo que no hablaba con alguien como lo estaba haciendo con Fede, de la manera más natural del mundo, dejando que la conversación fluyera espontáneamente, sin forzarla, sin miedo a sus propias palabras. Lo que le resultaba terrible era tener que haber abandonado su propio barrio, tener que haberse alejado en un autobús a zonas de la ciudad por las que no recordaba haber pasado en su vida. ¿Por qué no podía hablar así en su calle, o camino del instituto, o en el patio del propio centro escolar, durante los recreos? ¿Cómo era posible que los verdugos tuvieran tanto poder? ¿Qué arma invisible estaban utilizando contra él?

–¿Tú lo entiendes?

–¿El qué?

–Que nos estén machacando día a día, con premeditación, con saña, con crueldad...

–Cuando me miro al espejo, lo entiendo un poco.

–¿Cómo puedes decir eso?

–Tú me has preguntado y yo te respondo.

–El aspecto de una persona no justifica que...

–No me sueltes el rollo –le cortó Fede–. Todo lo que vayas a decirme ya lo sé.

–Pues no digas disparates.

–¿Prefieres que te responda que no lo sé? No me preguntes cosas obvias.

–Yo no dejo de repetirme esa pregunta: ¿por qué? Y cuanto más la repito, más difícil me resulta encontrar una respuesta.

–Yo te la daré.

–¡Ah, sí! ¿A qué esperas?

–Nos machacan porque somos distintos. Esa es la única explicación.

–¿Lo crees de verdad?

–Sí. Nuestra obligación es ser distintos de los adultos, pero no podemos ser distintos de nuestros propios colegas. Eso está mal visto.

–Yo no me considero distinto.

–Lo eres.

–¿Por qué?

–No te gustan las cosas que deberían gustarte y, sin embargo, te gustan otras que... Bueno, ya sabes a qué me refiero.

–Creo que sí. Pero eso no significa nada.

–Yo pienso lo contrario: eso significa mucho. A nuestra edad nos gusta la manada. Solo tienes que mirar el patio del instituto a la entrada o a la salida. Todos iguales. Las mismas camisetas, los mismos pantalones, las mismas zapatillas deportivas, el mismo peinado, los mismos *piercing*... Creo que los verdugos, como tú los llamas, se fijan en los que se salen de la manada. Son las reglas de la naturaleza. ¿No ves los documentales de animales por la tele? Los leones cazan al búfalo que se aparta de la manada. Lo mío no tiene remedio, porque yo soy distinto a mi pesar. Sin embargo, tú...

Fede no hacía más que confirmarle una serie de cosas que él ya había pensado en muchas ocasiones: si tratase de perderse en medio de esa manada, tal vez pasaría desapercibido. Por un lado, resultaba tentador; pero por otro lado, le parecía terrible tener que renunciar a cosas que sentía como esenciales. Al fin y al cabo, por mucho que se empeñase Fede, ellos no eran búfalos pastando en las grandes praderas africanas, moviéndose exclusivamente a impulsos del instinto. Eran seres humanos. ¿Y los verdugos? ¿Eran seres humanos los verdugos, o leones hambrientos acechando a una presa?

Se negaba a aceptar los razonamientos de Fede. Le parecía excesivamente simple la explicación de la manada y de los que se salen de ella, consciente o inconscientemente. No estaban en la sabana africana. Por eso tenía que haber algo más, algo que empujase a los verdugos, algo que justificase sus acciones vergonzantes. Pero... ¿qué? ¿El goce con el sufrimiento ajeno? ¿El sadismo? A pesar de su edad y de su inexperiencia, ya podía comprender que el ser humano es capaz de acciones altruistas y filantrópicas, que lo engrandecen, y de las mayores atrocidades y vilezas. ¿Los verdugos serían aprendices del horror y en el fondo se estaban entrenando para iniciar una carrera monstruosa de crímenes?

Permanecieron en silencio durante mucho rato. El autobús de la línea Circular continuaba indiferente su recorrido, deteniéndose en todas las paradas, abriendo y cerrando las puertas, con una monotonía valorada, sin duda, por todos los usuarios. Finalmente, los dos habían conseguido ese grado de ensimismamiento al que Fede se refería. Ahora era cuando realmente se habían vuelto invisibles. Y desde su atalaya observaban a los demás: decenas de rostros, de cuerpos, que se movían de un lado a otro, que buscaban acomodo en un asiento o agarrados a una barra.

Atravesaron zonas conocidas de la ciudad, alguna con monumentos de los que salen en las postales de recuerdo, y luego barrios con menos personalidad, parecidos a otros, imitaciones, réplicas.

Arreció la lluvia y cayó un buen chaparrón. Luego escampó y hasta salió el sol. La ciudad brillaba de una manera especial, como si acabara de lavarse la cara y se hubiese echado un ungüento aceitoso. Olía a tierra mojada, y esto era realmente increíble, porque en la ciudad ya no quedaba tierra, solo asfalto, ladrillo, piedra labrada, cemento, tejas... ¿De dónde procedía ese olor a tierra mojada?

Aproximadamente dos horas después de haber salido, llegaron al punto de partida. Fede le dio un codazo a Diego y le hizo un gesto con la cabeza señalándole la puerta. Se levantaron. Sentían el cuerpo un poco entumecido por la inmovilidad.

Nada más descender del autobús, Diego no pudo evitar el gesto mecánico de volver la cabeza a un lado y a otro, como si temiera que alguien los estuviera esperando, vigilando, acechando... Era consciente de que regresar al punto de partida era volver a su propia vida, a sus propias circunstancias, a sus temores y a sus horrores. El viaje en el autobús de la línea Circular había estado bien, sobre todo porque durante un tiempo le había hecho distanciarse, y eso le había dado confianza y seguridad. Pero notaba que al volver a poner los pies en el suelo todo se desvanecía, como el humo de una humilde chimenea azotado por el viento de un huracán.

Permanecieron un momento junto a la parada, inmóviles, sin saber muy bien cómo despedirse.

–¿Sientes ahora lo mismo que yo? –preguntó Diego.

–Posiblemente, aunque prefiero que no me digas lo que sientes.

–De acuerdo.

–¿Te ha gustado el viaje, Ulises? –Fede intentó sonreír.

–No ha sido como el regreso a Ítaca, pero no ha estado mal.

–Bueno. Nos veremos mañana, en el instituto.

–Sí.

Hicieron intención de echar a andar, pero antes de dar el primer paso, Diego añadió unas palabras.

–Ya no puedes engañarme –dijo.

–¿Por qué dices eso?

–Porque ahora estoy seguro de una cosa: lo que te está pasando te afecta tanto como a mí. Tú no pasas de nada, como yo.

Fede hizo un gesto despectivo a Diego, como dándole a entender que no quería seguir hablando del asunto, y reanudó la marcha hacia su casa.

–Yo voy a mi bola. Hasta mañana, *Bird.*

–Hasta mañana, Citoplasma.

9

El cerco

Diego no tardó mucho tiempo en comprobar que aquella vuelta que había dado a la ciudad en un autobús en compañía de Fede se convertiría en un hecho trascendental en su vida, en una de esas circunstancias que alteran el ritmo de las cosas, que precipitan los sucesos, que nos arrastran a nuestro pesar. Situaciones insignificantes que a veces, sin que nadie pueda comprenderlo del todo, se convierten en decisivas.

Los hechos comenzaron a precipitarse, como el agua impetuosa salta por la cascada, incontenible, violenta, dejando oír su estruendo en la distancia.

Al día siguiente de aquella excursión motorizada y urbana, Diego y Fede, como ya tenían por costumbre, se retrasaron premeditadamente a la salida de clase. Pero cuando el primero pretendió acercarse al segundo, notó que lo rehuía.

–¿Qué ocurre?

–Sé ir solo a mi casa –el tono de las palabras de Fede era desabrido y cortante.

–¿Qué quieres decir?

–Que no hace falta que me acompañes.

Diego se sorprendió tanto por aquellas palabras que tardó mucho tiempo en reaccionar. Cuando lo hizo, el compañero ya salía del instituto. Le dio alcance en la acera.

–No sé a qué viene eso –le reprochó.

–Viene a que yo voy a mi bola, y tú, a la tuya, ¿recuerdas? No hace falta que vayamos juntitos a todas partes.

–No te entiendo.

–Pues está muy claro.

–Pensé que éramos amigos.

–Eso no tiene que ver.

–Pues yo creo que sí.

Fede se negó a seguir hablando y, decidido, empezó a caminar en dirección a su casa. Diego no se atrevió a acompañarlo y prefirió esperar un poco, hasta que se hubo alejado lo suficiente. Pensaba que aún no lo conocía bien y que a lo mejor se había equivocado con él, lo había juzgado mal, y en realidad se trataba de un tipo raro y maniático, de reacciones imprevisibles. No le gustaba nada la gente que cambiaba de talante de la noche a la mañana.

Entonces, y aunque le molestaba hacerlo y le parecía vil y rastrero, volvió a compararse una vez más con él. Todo estaba a su favor. A las diferencias evidentes del físico, había que añadir ahora el carácter y las formas. Él no tenía un carácter tan complicado y arisco, ni decía las cosas de esa manera tan abrupta. Por eso, podía entender incluso que Fede no cayese bien a los demás y que eso diese pie a que algunos, a los que no justificaba en absoluto, se metieran con él, se burlasen de su aspecto y de su voz, y le llamasen despectivamente Citoplasma.

Sin embargo, él era el polo opuesto, la otra cara de la moneda. Entonces... ¿por qué también lo habían elegido? ¿Por qué lo habían metido en el mismo saco? Estaba seguro de que no era una decisión tomada al azar por los verdugos, estaba seguro de que tenían que influir otras cosas; pero... ¿qué cosas?

Recordó entonces unas palabras que Fede le había dicho el día anterior: «Nos machacan porque somos distintos».

Si eso era verdad, estaba harto de ser distinto. Si eso era la causa de todos los problemas, buscaría una solución. Formaría parte de la manada de búfalos, no llamaría la atención para evitar que los fieros leones, siempre al acecho, se lanzasen sobre él con las garras afiladas. Imitaría a sus compañeros en la forma de vestir, en la forma de hablar, en sus gestos, en sus juegos, en sus gustos... Aceptaría jugar un partido de fútbol, aceptaría dar un paseo en la moto nueva de Mario, aceptaría beber a morro el líquido de una botella de plástico los viernes por la noche, aceptaría la música enlatada... Aceptaría todo con tal de que lo dejasen vivir en paz. Solo eso: vivir en paz. Porque estaba llegando a la conclusión de que en su estado no podría continuar durante mucho tiempo, no podría soportarlo. Era superior a sus fuerzas y a su resistencia. Todas las cosas tenían un límite, y era consciente de que él estaba llegando al suyo.

Con esa determinación regresó a su casa.

Iba tan absorto en estos pensamientos que se había olvidado de ellos. Por primera vez en mucho tiempo se había olvidado de ellos. Pero en cuanto se alejó lo suficiente del instituto, los verdugos le salieron al paso.

Otra vez. Una vez más. No había tregua.

Los cinco.

Los conocía de sobra. Sabía sus nombres.

Nada había cambiado en ellos. Nada.

–*¡Bird! ¡Bird! ¡Bird!*

–¡Hola, puta escoria!

Diego pensó por un momento que debía informarles de sus planes. Sí, lo mejor sería que lo supiesen cuanto antes. Acababa de decidir que iba a ser un búfalo obediente, que no llamaría la atención dentro de la manada. Iba a hacer un esfuerzo sobrehumano por dejar de ser él mismo y convertirse en los demás. Debería decírselo cuanto antes, explicárselo con pelos y señales. Seguro que a ellos les gustaba su decisión y le felicitarían por haberla tomado. Le darían una palmadita en la espalda. Tenía que explicárselo. Él no era distinto ni quería serlo. Citoplasma sí que lo era, solo había que verlo, con ese cuerpo que parecía que iba a reventar de un momento a otro, con esa manera de hablar, con esa obsesión por ir siempre a su bola... Pero él no era distinto. No, no lo era. Y si alguna vez lo había sido, les pediría perdón por ello. Tenía que explicárselo a los leones para que no lo devorasen. A los leones. A los verdugos.

Eran los cinco de siempre.

Los cinco.

Los conocía de sobra. Sabía sus nombres.

–Estamos al tanto de todo –dijo de pronto uno de los verdugos.

Diego pensó preguntarles de qué estaban al tanto. Seguro que de lo que no estaban al tanto era de su firme decisión. ¿Por qué no se lo explicaba de una vez?

La presencia de los verdugos, como de costumbre, le paralizaba los órganos del cuerpo y le embotaba la mente. ¿Qué arma invisible estaban utilizando contra él? Porque tenía que tratarse de eso. No existía otra explicación posible. Un arma invisible y terrorífica. Quizá utilizaban un aerosol paralizador, o le rociaban con unos polvos misteriosos, o utilizaban ultrasonidos, u ondas electromagnéticas... Pero algo tenía que ser, algo muy poderoso para dejarlo convertido en una piltrafa humana.

–Sí, estamos al tanto de todo –repitió otro de los verdugos.

–Bueno, no pasa nada –continuó un tercero entre risas–. Ahora ya pueden casarse los maricones.

–Lo teníais en secreto, pero nosotros lo hemos descubierto.

–Nosotros nos enteramos de todo.

–La escoria atrae a la escoria.

¿De qué le estaban hablando los verdugos? No entendía nada. No sabía a qué se estaban refiriendo.

De pronto lo rodearon por completo y le obligaron a detenerse. Notó que empezaba a temblar, que las piernas volvían a traicionarle y se movían más de la cuenta, quizá a causa de la gran tensión que adquirían todos los músculos de su cuerpo. También comenzaba a sudar, a pesar de que no sentía calor.

Entonces R.L.M., la única chica que formaba parte de los verdugos, se acercó a él y le tocó con descaro los genitales. Él ni siquiera pudo retroceder. La miró aterrorizado. ¿Por qué estaba haciendo aquello?

–Nada de nada –rio la chica–. Está muy claro que a este no le van las mujeres.

–*Bird* y Citoplasma.

–Una bonita pareja.

–Os hemos visto juntitos.

–¿Nos invitaréis a la boda?

–Ahora podéis casaros.

–¡Maricones!

–¡Escoria!

–¡Puta escoria!

Diego tardó en asimilar lo que le estaban diciendo. Entendía sus palabras, pero no conseguía encontrar su sentido, su significado, su intención.

Cuando lo comprendió todo, los verdugos ya habían pasado a la acción. Era lo último que hacían antes de despedirse. Se dio cuenta entonces de que, aunque pudiera hablar, sería inútil. De nada iban a servir ya sus explicaciones. Los verdugos sabían que estaban levantando una calumnia, lo sabían de sobra. Eso formaba parte de sus planes. Querían estrechar el cerco sobre la víctima. Y les tenía sin cuidado que alguien les dijese que todo aquello era mentira, sobre todo si ese alguien era el objetivo principal de sus acciones.

Diego se daba cuenta de que los verdugos se habían propuesto dar otra vuelta de tuerca. Una vuelta más a esa soga que sentía anudada a su cuello, como un pesado yugo, y que estaba empezando a dificultarle la respiración.

Quería pagarles con la misma moneda, insultarlos, difamarlos, reírse de ellos, gritar más fuerte aún... Pero el arma invisible era muy eficaz y le mantenía mudo y quieto, como una estatua.

Arreciaron los golpes. Y hasta ese detalle tenían estudiado los verdugos. Nunca le golpeaban con demasiada fuerza. No querían dejarle señales, huellas que pudieran delatarlos. Pequeños golpes, a ser posible en el estómago, collejas en la cabeza, rodillazos en los muslos, patadas en los tobillos... Pero siempre midiendo la fuerza para no pasarse de la raya. El daño no era físico. El daño –y los verdugos lo sabían– era mucho peor que físico, mucho más doloroso.

Volvieron a vaciarle la mochila sobre la acera, a desparramar sus libros y sus cuadernos, a pisotearlos con saña. Entre los papeles descubrieron un trabajo de Literatura que debían entregar al día siguiente. Uno de los verdugos lo cogió e hizo ademán de romperlo, pero se detuvo a última hora.

–Mañana yo entregaré este trabajo –le dijo–. ¿Te enteras? Lo entregaré yo. Así que no se te ocurra hacer otra copia.

Derrotado una vez más, humillado, lo abandonaron en medio de la calle. Solo cuando los perdió de vista se atrevió a agacharse y a recoger sus cosas. Su mente era una olla a presión a punto de estallar. Un enorme sentimiento de rabia y desesperación anulaba todas sus ideas y pensamientos.

¿Por qué? Solo fue capaz de hacerse la misma pregunta de siempre. La pregunta imposible de responder. ¿Por qué? ¿Por qué? ¿Por qué?

Continuó hacia su casa. Le apetecía llegar cuanto antes. Encerrarse en su cuarto y no salir en toda la tarde. Quería estar solo. Diría a sus padres que le dolía la cabeza o que tenía mucho que estudiar. Solo. Completamente solo. No quería ver a nadie. No quería oír a nadie. Solo con su drama, con ese drama en el que el destino le había metido de lleno y cuyo final aún no había sido escrito, pero sobre el que no auguraba nada bueno.

De pronto, creyó escuchar una voz que lo llamaba. Una voz débil, apagada.

–Diego.

Se detuvo y, al mismo tiempo, notó cómo su cuerpo volvía a adquirir una gran tensión.

–Diego.

No era una voz de los verdugos. Estaba seguro. Los conocía muy bien, a los cinco.

Le resultaba una voz familiar, muy familiar. Miró a su alrededor y descubrió que aquella voz salía del interior de un portal.

–Soy yo, Citoplasma.

Se acercó despacio, quizá temiendo un nuevo e inesperado asalto de los verdugos. Podía tratarse de una trampa.

–Estoy aquí, en el portal. Necesito tu ayuda.

Lo encontró en el portal, en una zona que permanecía casi en penumbra, apoyado en la pared, encogido sobre sí mismo, cabizbajo.

–¿Qué te pasa?

Fede se incorporó un poco y dio un par de pasos hacia la zona mejor iluminada. Entonces Diego pudo verlo: tenía gran parte de la camisa y del pantalón mojados.

–Han sido ellos –a Fede apenas le salía la voz–. Me han meado otra vez encima.

Como si temiera que alguien más pudiera verlo, Fede retrocedió de inmediato hacia la penumbra.

–Tienes que ayudarme.

–¿Cómo?

–Ve a mi casa. Dile a mi madre que me he caído en un charco y que tengo la ropa mojada. Dile que te dé unos pantalones limpios, y también una camisa. Luego me lo traes aquí. Yo estaré esperándote.

Diego se limitó a asentir con la cabeza, dando a entender al compañero que haría todo lo que le pedía.

Salió del portal y miró a un lado y a otro, pues durante un instante imaginó que los verdugos estarían en las inmediaciones, regocijándose a su costa. Cuando comprobó que no había rastro de ellos, echó a andar decidido y, en unos minutos, llegó a la casa de Fede.

Llamó a la puerta y abrió su madre.

–Soy Diego, un amigo de Fede. Estamos en la misma clase en el instituto.

–¡Ah, Diego! –exclamó la madre–. Fede me ha hablado de ti. Pero... ¿ocurre algo?

–No, no se preocupe –Diego se esforzaba por aparentar calma, tranquilidad, confianza–. Es que... se ha caído en un charco y...

–¿Se ha hecho daño? –se preocupó enseguida la madre.

–No, no. Solo se le ha mojado la ropa. A mí me ha pedido que me acercase hasta aquí para que usted me diera ropa limpia.

–¡Ay, qué chico este!

Regresó sin perder tiempo con la ropa limpia. Fede se cambió en el mismo portal mientras Diego se quedaba en la entrada, para avisarle en caso de que llegase alguien.

Al momento, Fede salió del oscuro portal que le había servido de refugio. Había utilizado la bolsa de plástico en que su madre había metido la ropa limpia para guardar la meada.

–Me dan ganas de tirarla a la basura.

–Tu madre te preguntará por ella.

–No me importa.

Entonces Diego descubrió que los enormes mofletes de Fede, sonrojados como un tomate maduro, estaban surcados por lágrimas.

–No llores –trató de animarle.

–¿Por qué no se conforman con llamarme Citoplasma? –la voz de Fede se quebraba en su garganta–. ¿Por qué no se conforman con reírse de mí? ¿Por qué no se conforman con hacerme chistes y bromas de mal gusto? De verdad que no me importa nada de eso. Incluso no me importa que me den pescozones. ¡Pero no soporto que me meen! ¡No lo soporto! ¿Por qué lo hacen?

–Saben que así te causan más daño.

–¿Y por qué quieren causarme más daño?

–Creo que para esa pregunta no hay respuesta. Al menos, yo no la tengo.

Comenzaron a caminar juntos. Fede se secaba las lágrimas con el dorso de sus manos y sorbía por la nariz constantemente. Diego estaba preocupado por él, pues nunca lo había visto en aquel estado, pero sabía que no podía ayudarle de ningún modo, salvo ofreciéndole su compañía.

–¿Te hicieron algo a ti? –le preguntó de pronto Fede.

–Lo de siempre: insultos, empujones... Me tiraron los libros a la calle y me quitaron el trabajo de Literatura que hay que entregar mañana.

–¿Y tienes copia?

–Lo hice con ordenador. Puedo sacar otra copia sin problema. Pero me han amenazado. Uno de ellos va a entregar mi trabajo como si fuera suyo.

–¿Y qué harás?

–Nada. Le diré al profesor que no lo he hecho.

–No se lo creerá.

Acompañó a Fede hasta la puerta de su casa. Ya había dejado de llorar y en parte había recuperado su forma habitual de ser. Diego se dio cuenta de que dentro de aquel corpachón, de que tras aquella voz aflautada se escondía una persona a la que aún no conocía de verdad, una persona sensible, que sufría tanto o más que él y que tampoco comprendía los motivos de su tortura. Una persona que se empeñaba en disimular su desgracia, para quizá de este modo tratar de mitigarla un poco.

Antes de despedirse, Fede le preguntó de manera inesperada:

–¿Tú eres maricón?

–No –respondió Diego.

–Yo tampoco.

–No te preocupes por lo que digan.

–¿No lo harás tú?

Diego bajó la cabeza, pues se sintió incapaz de responder a esa pregunta. Entonces, Fede forzó una sonrisa y dijo:

–Tú, a tu bola.

–Y tú, a la tuya –le replicó Diego.

–Es muy fácil decirlo, ¿verdad?

–Sí.

–Si nos dejasen...

Fede se despidió del amigo con un gesto de su brazo y entró en el portal. Diego regresó de inmediato a su casa. Estaba deseando llegar, encerrarse en su cuarto. Necesitaba silencio. Necesitaba soledad. Silencio. Soledad.

«Después del silencio, el correr del agua es la música más bella que existe». Después del silencio, es decir, primero el silencio.

Pensó en su trabajo de Literatura. Había elegido la tragedia griega. Y ahora le resultaba una paradoja haber seleccionado precisamente ese tema. Él mismo se sentía un personaje de una de esas tragedias. El hombre, en soledad, enfrentado a su destino implacable. Recordaba una frase del *Edipo* de Sófocles: «Bien puede decirse que mis actos más los he padecido que realizado».

10

La víctima

Al llegar al portal de su casa se dirigió directamente a los buzones. Intuía que podía encontrar allí uno de esos sobres con su nombre escrito con trazos gruesos y negros de rotulador, sin la dirección ni el sello. Si estaba, tenía que apoderarse de él antes de que sus padres lo vieran y hacerlo pedazos hasta que resultara irreconocible.

Giró la pequeña llave del buzón y abrió la portezuela de metal. Recogió toda la correspondencia. Publicidad. Cartas del banco. Más publicidad encubierta. Y, entre medias, el sobre que esperaba encontrar.

Diego no pudo evitar que el corazón le diera un vuelco al verlo, a pesar de que intuía que podía estar allí. Era similar a los otros. Alargado, blanco, autoadhesivo. Su nombre escrito con letras grandes, mayúsculas. DIEGO. Y nada más. Lo abrió sin esperar a subir a casa. En el interior había una hoja cuadriculada de un bloc y unas palabras escritas de la misma forma:

BIRD ♥ CITOPLASMA
MARICONES
ESKORIA

Corrió hasta el ascensor y subió hasta su planta. Cuando entró en casa, se alegró de que sus padres aún no hubieran regresado. Lo hacían poco después que él, pero temía que, al haberse retrasado con Fede, ya hubieran llegado.

En su habitación encendió el teléfono móvil y el ordenador. Estaba convencido de que los verdugos le habrían enviado más mensajes por otros medios, como acostumbraban. Y no se equivocó. En el móvil aparecieron tres con el mismo texto y otros dos más a través del correo electrónico. Los borró todos con rabia y rompió el sobre y su contenido en mil pedazos.

Pensó que los verdugos no iban a cambiar de táctica, pero sí iban a modificar sus insultos, sus calumnias, sus amenazas. Ya se habían dado cuenta de que durante los últimos días él y Fede se habían visto, habían hablado, habían dado incluso una vuelta a la ciudad en un autobús de la línea Circular. Habían descubierto un nuevo filón para propagar sus mentiras, para denigrarlos todavía más. Estaba claro que iban a empezar a correr la voz de que Fede y él estaban liados, de que, como decían aquellos mensajes, eran maricones, además de escoria.

«Y si fuera verdad, ¿qué importancia tendría?», pensó lleno de rabia.

Renunció a preguntarse de nuevo el porqué. Pensó que debería renunciar para siempre y olvidarse de una pregunta tan simple, tan elemental y, al mismo tiempo, tan difícil. No merecía la pena. No existía una respuesta. No debía perder más el tiempo.

Aunque por lo general no lo hacía, esperó a que llegasen sus padres para comer. En realidad, no sentía apetito. No sentía ganas de nada, ni siquiera de alimentarse.

Comieron los tres juntos en la cocina.

–Estás muy serio –le dijo enseguida su madre.

–No... –Diego se encogió de hombros.

–¿Algún problema? –preguntó el padre.

Diego pensó que en ese momento debería responder con una sola palabra a la pregunta de su padre: «¡Todos!». Porque esa era la sensación que tenía, que todos los problemas del mundo se habían cebado con él. Era como el efecto dominó: un problema arrastraba al siguiente, y este a un tercero, y así sucesivamente.

«¡Todos!».

Sin embargo, respondió:

–No, no...

–¿Agobiado por los estudios?

–Será eso.

–Vas muy bien. No te exijas más.

–No lo hago.

–Estamos muy contentos y satisfechos con tu rendimiento escolar –continuó el padre, con ánimo de sermonear–. Tú también debes estarlo. Pero no pretendas martirizarte exigiéndote más de lo normal.

Diego afirmó con la cabeza y desvió la atención hacia el pequeño televisor que estaba encendido sobre el frigorífico. Estaba claro que su padre no entendía nada y, lo que era peor, no intuía nada. Nada de nada. ¿Y por qué no se lo decía de una vez? ¿Por qué no les amargaba la comida contándoles lo que le estaba pasando? ¿Por qué no les informaba de las cartas, de los mensajes al móvil y de los correos electrónicos? ¿Por qué no les contaba que lo insultaban directamente a la cara, que lo seguían por la calle, que lo amenazan, que le escupían, que le tiraban los libros, que le robaban los trabajos, que lo golpeaban con cuidado para no hacerle marcas visibles? ¿A qué estaba esperando?

Reconoció que no hablaba por una mezcla de vergüenza y orgullo. Vergüenza de tener que reconocer una cosa así, de haber consentido que las cosas llegasen a donde habían llegado, de no ser capaz de plantarles cara por sí mismo. Era humillante vivir lo que estaba viviendo, pero también lo era reconocer que no había sido capaz de hacer nada para evitarlo. Y ahí aparecía su orgullo, o lo poco que le quedaba de él, porque se daba cuenta de que lo estaba perdiendo a pasos agigantados. A medida que se convertía en escoria, como los verdugos pretendían, su orgullo, su dignidad, su entereza y muchas otras cosas iban desapareciendo. Pero le gustaba creer que aún le quedaba un poco de orgullo, lo justo para seguir pensando que en algún momento podría reaccionar por sí mismo, sin pedir ayuda a nadie, y mucho menos a sus padres.

Tras las noticias, y mientras comían los postres, comenzó en la televisión un programa en el que varios contertulios dialogaban sobre diversos temas de los llamados «de actualidad». Diego ya había visto ese programa algunas veces. Siempre le llamaba la atención cómo esas personas, aparentemente cultas y educadas, solían perder los papeles y acababan discutiendo a gritos, sin respetar los turnos de palabra. Eso le hacía pensar que el diálogo era una utopía y que, en contra de lo que todo el mundo predicaba, al final pocas cosas se conseguían a través de la palabra. Era una conclusión que debería aplicarse a su propia vida, a su experiencia concreta.

Se quedó literalmente de piedra al darse cuenta de que, de pronto, aquellas personas habían comenzado a hablar de lo que denominaban «acoso escolar». Comentaban un estudio publicado recientemente. Decían que aproximadamente el veinte por ciento de los jóvenes de la edad de Diego sufrían este tipo de acoso. Rápidamente hizo un cálculo mental. En su clase había veinticinco alumnos. «El veinte por ciento de veinticinco es cinco».

¡Cinco! Él, sin duda, era uno de esos cinco. Otro, Citoplasma. Pero... ¿quiénes eran los otros tres?

Curiosamente, en lugar de sentirse atraído por aquella tertulia, por aquel tema, se sintió muy incómodo. Tenía la impresión de que estaban hurgando en su intimidad sin su permiso, y además delante de sus padres, que seguían con atención el debate. Empezó a engullir el postre para poder marcharse cuanto antes y dejar de oírlos. Pensó que no tenían ni idea de lo que estaban hablando y que ninguno había sufrido en sus carnes un problema así. Eran los típicos sabelotodo, que hablaban como doctores de todo sin saber de nada.

Entonces, uno de los contertulios dijo algo que se le quedó grabado. Explicó que una víctima, en el fondo, acepta su papel de víctima, y que no todos los chicos lo aceptan. Es decir, para que se dé el acoso tiene que haber, por supuesto, acosadores, verdugos, con intención clara de acosar; pero también tiene que existir la víctima, y la víctima, en el fondo, está predestinada para ser víctima.

Diego tragó el último bocado y se levantó de golpe.

–¿Qué te pasa? –le preguntó su madre, sorprendida.

–Nada. Me voy un rato a mi cuarto.

Salió apresuradamente de la cocina. Le llegaba la voz de su padre, que seguía recomendándole que no se exigiera más con los estudios, que estaban muy contentos con su rendimiento, que continuara así.

–¡Continuar así! –exclamó cuando se dejó caer sobre la cama, boca abajo, cubriéndose la cabeza con los brazos.

Ahora resultaba que la culpa en gran parte era suya por aceptar ser víctima, por no haber informado en su momento a los verdugos de que él rechazaba ese papel y de que buscasen a otro, ya que hay un veinte por cierto de posibles víctimas y eso da mucho juego.

Pensó en Fede, en cosas que le había dicho, y llegó a la conclusión de que quizá él sí aceptaba su papel de víctima. Lo era casi desde que había nacido, como si estuviera predestinado. Eso daría un poco la razón al contertulio de aquel programa de televisión. Pero él no era como Fede, estaba harto de repetírselo a sí mismo. No se parecía en nada y, por supuesto, él jamás había tenido vocación de víctima. Y cuando le había tocado ese papel, siempre se había sublevado.

Pensó entonces que a lo mejor su problema venía por ahí, por el hecho de sublevarse. Porque... ¿cómo se había sublevado él? Era cierto que se había sublevado internamente; dentro de él, algo se rebelaba con mucha fuerza. Pero... ¿había opuesto la resistencia necesaria? Porque estaba muy claro que hacia fuera, hacia los demás, había mostrado otra cara bien distinta, una actitud que pretendía ser de indiferencia, pero que fácilmente podría ser entendida como de sumisión, o de resignación.

«Resignación» era otra de las palabras que le obsesionaban. No quería resignarse a nada; sin embargo, tenía la sensación de que se resignaba a todo. Un ejemplo era Gloria. Cuando le había dicho que no quería seguir saliendo con él, se había resignado. Por supuesto, ella había tomado una decisión y él tenía que respetarla por encima de todo. Pero, dentro del respeto absoluto, podía no haberse resignado, podía haber luchado más por convencerla, por reconquistarla... Sin embargo, no había vuelto a telefonearle, aunque lo pensaba a todas horas. Ni siquiera le había vuelto a dirigir la palabra, aunque lo estaba deseando. Y esa actitud solo podía tener un nombre: resignación.

Entonces pensó que a lo mejor todo el problema tenía una explicación mucho más sencilla y más terrible: la que acababan de decir por la televisión. Él, como Fede, como Citoplasma, era una víctima, es decir, había nacido víctima. Y contra eso, nada podía oponer. Ni su orgullo, ni su fuerza de voluntad, ni nada.

Resignación. Solo eso.

Volvió a pensar en el porcentaje. El veinte por ciento. Volvió a pensar que en su clase tenía que haber, por tanto, cinco víctimas. Le faltaban tres. ¿Quiénes serían? Seguro que permanecían calladas, ocultándose, disimulando, aparentando que la cosa no iba con ellas, esforzándose por mostrarse como el resto. A no ser que el acoso fuese tan manifiesto como en su caso, o como en el caso de Fede, seguro que las víctimas se negarían incluso a sí mismas.

Si eran cinco los verdugos y cinco las víctimas, la balanza se equilibraba de forma sorprendente. Las cinco víctimas podrían enfrentarse a los cinco verdugos. Las fuerzas estarían parejas. El problema era descubrir a las víctimas, o peor aún: el problema era que algunas víctimas lograsen reconocerse a sí mismas como tales.

Entonces pensó que le importaban un bledo las estadísticas, los estudios, las tertulias de la tele, las víctimas innatas... Debía pensar en sí mismo, porque era él quien estaba a punto de ahogarse en el pozo en que había caído sin saber cómo ni por qué. Debía pensar en sí mismo o, de lo contrario, sucumbiría.

Tenía que reaccionar. Y no iba a esperar mucho tiempo para hacerlo. Pensó que lo primero que debía hacer era telefonear a Gloria. Volver a hablar con ella. Aceptar su decisión, pero no resignarse. Quizá eso le diese fuerzas para no resignarse en otros asuntos.

Se incorporó un poco en la cama y, con decisión, cogió su teléfono móvil. Consultó la agenda y buscó el nombre. Luego pulsó la tecla de marcar. Esperó varios tonos.

–Hola, Diego.

–Hola, Fede.

No podía entender por qué motivo había marcado el teléfono de Fede, cuando lo que más estaba deseando era hablar con Gloria, aunque esta volviera a rechazarlo y se negase a salir con él.

–¿Qué quieres?

–Nada. Solo saber si habías tenido problemas con tu ropa mojada. Ya sabes. Me refiero a si tu madre notó...

–No notó nada. La metí directamente en la lavadora. Se creyó que me había caído a un charco.

–Mejor.
–Sí, mejor.
–Oye... –Diego se sentía extraño hablando con Fede–. Cuando volví a casa tenía un sobre en el buzón, mensajes en el móvil, un correo electrónico... Eran de ellos.
–Yo también los tenía.
–Supongo que nos habrán mandado lo mismo.
–Nuestros nombres unidos por un corazón.
–Sí.
–Insultos.
–Sí.
–Tendrás que acostumbrarte. Me imagino que llenarán el instituto con esos mensajes.
Diego pensó por un momento en las últimas palabras de Fede y sintió un estremecimiento al imaginar las paredes del instituto pintarrajeadas con sus nombres unidos por un corazón.
–No puedo acostumbrarme a nada.
–Tú, a tu bola. Ya sabes.
–¿Es que a ti no te importa?
–No pienso hacerles ni caso.
A Diego le molestó la aparente indiferencia de su amigo; por eso, sin pensárselo dos veces, le espetó:
–¡Tú has nacido para ser víctima!
–¿Qué dices?
–¡Sí, entérate! Hay gente que nace así, que acepta su papel, que se resigna, que no se rebela... Lo estaban diciendo hace un rato en la tele. Tú eres una de esas personas.
–No digas tonterías.
–¡Yo no he nacido víctima!
–¿Y a mí qué me cuentas?
–¡Te lo cuento para que lo sepas! ¡Yo no soy como tú!
–Ni falta que hace.
–Que quede claro.
–Yo voy a lo mío y no me importan los demás.

–Pareces un disco rayado.

–Me da igual.

–¡Todo te da igual! No me extraña que te pase lo que te está pasando.

–¡Quién fue a hablar!

Entonces Diego se dio cuenta de que estaba pagando su mal humor, su desesperación, precisamente con Fede. Él era como era, pero no tenía culpa de nada. Ni siquiera había pretendido llamarle a él cuando cogió su teléfono. Era con Gloria con quien deseaba hablar; sin embargo, a ella no se había atrevido a llamarla. Se había refugiado en Fede y, para agradecérselo, arremetía contra él. Cuando lo comprendió, trató de rectificar de inmediato y se disculpó por el tono de sus palabras.

–Estoy desesperado –reconoció al final.

–No les hagas caso. ¿Qué importa que escriban nuestros nombres unidos por un corazón?

–Sí que importa.

–Yo no estoy enamorado de ti –rio Fede–. ¿Lo estás tú de mí?

–¡No!

–Pues que escriban lo que quieran.

–Pero nos hacen daño, mucho daño.

–Pasa de todos y de todo.

–Eso es imposible, eso es imposible.

–Hay que resistir más que ellos.

–Yo no podré.

–Sí podrás. Tú eres más fuerte de lo que crees; además, eres más inteligente que ellos.

–Lo dudo.

–No lo dudes.

–Bueno, perdona por haberte hablado así.

–No pasa nada. Y recuerda: hay que resistir más que ellos.

–Gracias por el consejo.

Pasó el resto de la tarde en casa, encerrado en su habitación, sin salir ni siquiera al cuarto de baño. Su estado de ánimo saltaba de un lado a otro, buscando un lugar donde relajarse, donde tranquilizarse un poco, donde retomar las cosas que de verdad le interesaban, las cosas importantes. Debía concentrar su pensamiento en ellas. Se preguntaba obsesivamente qué cosas le interesaban e intentaba responderse de inmediato. Le interesaba ser él mismo y que los demás lo entendieran. Le interesaba estudiar porque quería entrar en la universidad y hacer una carrera. Le interesaba la música y, en especial, el jazz. Le interesaba Gloria. Le interesaba...

A media tarde se atrevió a telefonear a Gloria. Había estado pensando durante mucho tiempo todo lo que quería decirle, pero de nada sirvió su meditación, pues en cuanto ella cogió el teléfono se sintió aturullado, espeso, gris.

–Soy yo...

–Sí, ya lo he visto en el teléfono. ¿Qué quieres?

–Nada. Bueno... He pensado que podíamos charlar un rato. Hace tiempo que no hablamos.

–A mí no me importa. Eres tú el que me rehúyes.

–No, no... Bueno, sí. Pero... ya sabes, es que en el instituto...

–Tienes que acabar de una vez con esa situación –le dijo ella de pronto, endureciendo el tono de sus palabras–. No entiendo cómo puedes vivir así.

–¿Qué harías en mi lugar?

–Yo no lo habría consentido desde el principio.

Gloria no había nacido víctima. Estaba claro que ella rechazaba frontalmente ese papel. Ella no se sentía víctima, por eso los verdugos nunca la elegirían. Esa era la diferencia entre ella y Fede. Pero... ¿y él? Los hechos confirmaban que él sí lo era. Quizá fuese un problema genético, quizá lo llevaba en la sangre, en el carácter, en la personalidad... Ante eso no se puede hacer nada.

–¿No lo habrías consentido desde el principio...? –Diego repitió las palabras de Gloria en forma de pregunta.

–No.

Las cosas adquirían una nueva dimensión para Diego. Ahora se adentraban en un terreno mucho más complicado. Sintió que se elevaba delante de él una auténtica muralla de piedra, unos bloques inmensos de granito imposibles de mover. La altura y el grosor eran sencillamente descomunales. No podría derribar ese muro ni podría saltarlo. Estaba condenado. Y estaba condenado, sobre todo, porque había nacido predestinado para ser víctima, lo mismo que otros habían nacido predestinados para no serlo.

–Pienso mucho en ti, aunque no te lo creas –le dijo de pronto Gloria.

Pero la mente de Diego se encontraba al otro lado de aquel murallón. Y desde allí no podía entender nada.

–Me gustaría ayudarte –continuó ella–. Pero no sé cómo.

Un murallón demasiado alto, demasiado grueso, demasiado pesado. No lo movería ni un ápice, aunque se lanzase desesperadamente contra él. Necesitaría una bomba de gran potencia para abrir un boquete.

–Bueno, si quieres me llamas otro día –dijo finalmente ella, ante el reiterado silencio de él. Y colgó.

Diego desconectó su teléfono y lo dejó sobre la mesilla, sin haber captado nada de lo que ella había pretendido decirle.

No podía hablar. Lo embargaba una emoción extraña y desconocida. De pronto, sin saber cómo, había empezado a vislumbrar un nuevo camino, un camino que podía llevarlo hacia la solución definitiva.

¿Cómo no lo había visto antes?

Siempre había estado allí, ante sus ojos; sin embargo, hasta ese momento no se había dado cuenta.

11

La pared vertical

A la mañana siguiente, mientras desayunaba, Diego recordó que la tarde anterior no había hecho un nuevo trabajo de Literatura para sustituir al que le habían quitado los verdugos. Había pasado la tarde encerrado en su habitación y no le hubiese costado buscar un nuevo tema en el que centrarse y sobre el que desarrollar unas cuantas ideas. Habría bastado para salir del paso, incluso para sacar una nota aceptable. Pero la decisión ya estaba tomada. Le tenían sin cuidado el trabajo de Literatura, el instituto y todo lo referente a sus estudios.

Observaba detenidamente a sus padres y reconocía que había tenido suerte en ese sentido. No podía reprocharles casi nada: alguna cuestión insignificante y, sobre todo, la ceguera que mostraban para no darse cuenta de que su hijo, aunque lo ocultase con cuidado, estaba viviendo un verdadero infierno. Lo querían mucho y le demostraban a diario su cariño. Se preocupaban por él y deseaban que fortaleciese su personalidad y que fuese feliz en la vida. ¡Qué paradoja!

–Nos vamos, que se nos hace tarde como de costumbre –le dijo la madre dándole un beso de manera mecánica.

El padre se acercó también a él y se agachó un momento a su lado. Se le quedó mirando fijamente a los ojos.

–Te noto raro últimamente –le dijo.

–No –balbuceó Diego, llevándose la taza del desayuno a la boca.

–Esta tarde hablamos.

–Bueno.

Los siguió con la mirada hasta que los perdió de vista. Escuchó el cerrojo de la puerta de la calle. Luego se produjo el silencio. Repitió mentalmente varias veces las últimas palabras de su padre: «Esta tarde hablamos». Precisamente esa tarde. Pensó que la vida a veces era absurda y caprichosa.

Terminó de desayunar y metió todos los cacharros sucios en el lavavajillas. Salió de la cocina y se dirigió a su habitación. Ya tenía la mochila preparada sobre una silla. La abrió y sacó un folio escrito. Lo dobló con cuidado y lo colocó encima de su mesa, pillado por la base de la lámpara. Echó un vistazo a la habitación. Aquel espacio era su habitación desde que había nacido, no había tenido otra. Se sentía a gusto allí, donde había ido creando su pequeño mundo. Era un lugar especial para él, era su lugar, su pequeñísima porción del planeta Tierra.

Salió de casa con una sensación distinta. Por primera vez en mucho tiempo, no le asaltaba ninguna duda, ningún miedo, ningún recelo. Solo una certeza incuestionable ocupaba su pensamiento. Caminó resuelto por la acera de su calle, como todos los días, con la única diferencia de que estaba caminando en sentido contrario al habitual.

A los cinco minutos aproximadamente, llegó a la boca del metro y ni siquiera titubeó a la hora de entrar. Estaba decidido. Ya estaba todo decidido. ¡Todo!

Le resultaba extraño verse dentro de la estación a aquellas horas, en las que debería estar llegando al instituto, rodeado de gente, mucha gente. Se dedicó a observar las caras de la gente y a fantasear sobre su vida. Había algunas personas a las que la vida les salía a flor de piel: hablaban sus ojos, sus manos, las arrugas de sus rostros, su manera de andar... Otras eran enigmáticas, borrosas, difuminadas, como cuadros abstractos, que se prestan a múltiples interpretaciones.

Los vagones del metro también estaban llenos. Era lo que todo el mundo había dado en llamar hora punta. La primera hora punta del día. Consiguió acomodarse en un rincón, desde donde era más cómodo soportar el trasiego de entrada y salida en cada parada. Desde allí, leyó los titulares de algunos periódicos que los pasajeros se empeñaban en leer a pesar de las apreturas. El mundo era poco original y las noticias se repetían un día tras otro. Noticias terribles ante las que nadie parecía reaccionar. Pensó que los seres humanos se acostumbraban a todo, a las injusticias y a las mayores atrocidades. No quiso pensar en la palabra «resignación».

Bajó en la parada que coincidía con la estación de ferrocarril. Solo tenía que hacer un pequeño transbordo para pasar de un lado a otro. Se acercó a las taquillas y sacó un billete con destino a la sierra, ese perfil montañoso que podía divisarse desde muchos puntos de la ciudad cuando el exceso de contaminación no ocultaba sus famosos cielos.

No tuvo que esperar mucho tiempo al tren. Era uno de esos trenes de cercanías, pintado de rojo y de blanco. Iba medio vacío, pues estaba claro que un día de entre semana la gente no viajaba en masa a la sierra. Tras varias estaciones subterráneas, salió a la superficie cuando la gran ciudad empezaba a desdibujarse. Luego fueron sucediéndose pueblos grandes, pueblos que habían crecido desmesuradamente en los últimos años, pueblos sin personalidad, excesivamente parecidos entre sí, caóticos. No pasaban de ser apéndices de la propia ciudad.

A continuación, el campo fue ganando terreno a duras penas, y comenzaron a divisarse grandes extensiones sin edificar, arboladas, atravesadas por riachuelos. La silueta quebrada de la sierra se sentía más próxima.

Después de más de una hora de trayecto, llegó a la última estación, donde el tren no tenía más remedio que dar la vuelta porque las vías no continuaban, a más de mil metros de altitud, entre montañas que sobrepasaban los dos mil.

Diego conocía bien ese lugar. Había ido hasta allí muchas veces con sus padres, sobre todo en verano, cuando hacía buen tiempo. Aunque con ellos iba en coche, les gustaba aparcarlo en una explanada cercana a la estación del tren.

Desde allí se internó por un camino serpenteante que ascendía sin cesar. Atravesaba un bosquecillo de pinos y luego unos prados de montaña, ondulados, suaves, salpicados de rocas. La pendiente no se suavizaba ni un momento y el paisaje se iba ampliando de manera sorprendente. A cada paso, la vista iba abarcando mayor extensión de terreno, desde las cumbres de las montañas hasta la umbría profundidad de los valles. El aire era fresco y, de no ser por el esfuerzo continuo de la ascensión, seguramente hubiera sentido frío, pues no había tenido la precaución de coger una cazadora o alguna prenda de abrigo. Pero... ¿qué le importaba en ese momento el frío?

Tras media hora de marcha, llegó a una pequeña laguna. El terreno se suavizaba lo suficiente para permitir que el agua se embalsase entre grandes masas rocosas. Se detuvo un instante y miró a su alrededor. Siempre le había gustado aquel lugar. Y verlo vacío, sin gente, le producía una emoción especial.

Reanudó la marcha con decisión, sabedor de que estaba ya muy cerca de su destino. Bordeó la laguna y tomó otro camino muy estrecho que ascendía entre dos grandes rocas. Tuvo que saltar en varias ocasiones sobre matorrales y zarzas que casi cerraban el paso. La ascensión ahora era mucho más pronunciada, y en algún momento hasta tenía que agarrarse a alguna arista de las propias rocas o al tronco de algún matorral para impulsarse. Notaba cómo poco a poco la respiración se le iba acelerando, lo mismo que su ritmo cardiaco. También había comenzado a sudar. Pero no cejó ni un momento; al contrario, cada vez trepaba con mayor decisión, como si al final fuese a encontrar una gran recompensa.

El camino viró a la derecha y se ensanchó considerablemente, desembocando en una especie de plataforma de roca viva. Diego había alcanzado su destino. Respiró en profundidad varias veces. Notó cómo ese aire frío de la mañana recorría sus bronquios y llegaba a las cavernas más profundas de sus pulmones, purificándolas.

Se detuvo un instante y contempló el paisaje que le rodeaba. Lo reconoció enseguida, pues ya lo había visto en otras ocasiones, cuando había ascendido hasta allí con sus padres. Ellos se sabían incluso el nombre de las montañas, de los ríos que nacían en sus faldas, de los árboles del bosque...

Despacio, muy despacio, caminó hacia el borde de aquella explanada rocosa. Sabía perfectamente lo que iba a encontrar al final. Un paso más. Y otro. Y otro. Y llegó hasta la orilla del abismo.

Por el lado opuesto al que había ascendido, la inmensa roca se convertía en una gigantesca pared vertical, que caía a plomo hasta las inmediaciones de la laguna. Era un tajo perfecto, labrado con ahínco durante siglos por la lluvia, el viento, la nieve, el hielo... Eran más de treinta metros de línea recta. Sobrecogía un poco situarse en el borde y mirar hacia abajo. Los que sentían vértigo, ni siquiera se atrevían a acercarse.

Diego, resuelto, se situó justo en el borde. Miró primero a su alrededor y después hacia abajo. La impresión le hizo tambalearse un poco, pero no retrocedió. No había llegado hasta ese lugar con intención de retroceder a última hora.

La decisión estaba tomada: iba a saltar al vacío, consciente de que ese sería el último acto de su vida.

No le importaba ya que su existencia hubiera sido tan breve, que sus proyectos y sus sueños se perdieran para siempre. Nada le importaba. Lo único que tenía claro era que no podía seguir viviendo así, que no soportaba haber nacido víctima, haber asumido y consentido ser víctima. Se sentía prisionero, maniatado y amordazado. No podía librarse de sus carceleros por otro método. Solo vislumbraba una solución, un camino, y era el que había decidido tomar. Por un lado, se libraría al fin de sus suplicios. Por otro lado, haría pagar su culpa a los verdugos.

Todo estaba pensado, meditado, planificado... Había dejado una nota en su mesa de escritorio explicándolo.

Contaba en ella los motivos que lo llevaban a tomar esa decisión y desenmascaraba a los verdugos. Daba sus nombres. El nombre de cada uno. El nombre de los cinco. Ellos tendrían que pagar de alguna manera. Sería fácil comprobar su culpa. Otras víctimas, como Fede, tendrían que hablar, tendrían que contar lo que estaban padeciendo.

Su decisión, por tanto, era una buena jugada.

Cerró los ojos.

Pensó en sus padres.

Pensó en Gloria.

Pensó en Charlie Parker.

Pensó en Fede.

Pensó en los titulares de los periódicos.

Pensó en la tragedia griega.

Pensó en su habitación.

Pensó en el paisaje que le rodeaba.

Su cerebro parecía haberse vuelto loco y no dejaba de proporcionarle imágenes, como fotogramas de una película. Le pareció lógico y natural, pues había oído decir que, cuando el final se acerca, pasan a toda velocidad por la mente secuencias de nuestra propia vida.

Pensó en el mar.

Pensó en las pirámides de Egipto, a las que deseaba viajar algún día.

Pensó en un avión.

Pensó en un barco.

Pensó en Ulises y en Ítaca.

Pensó de nuevo en sus padres, y en Gloria, y en Fede, y en Charlie Parker...

Pensó en una nota que había dejado escrita sobre su mesa, pillada con la base de la lámpara.

Pensó en una nube densa que lo envolvía.

Después, retrocedió asustado, muy asustado. Era un miedo que nunca antes había experimentado.

A pesar de que llevaba un buen rato inmóvil, sudaba como si hubiera realizado un esfuerzo sobrehumano. El corazón le martilleaba dentro del pecho con tal fuerza que parecía querer encontrar una salida para escaparse, como si no compartiese aquella decisión y se negase a morir.

Diego apretó los puños y gritó con todas sus fuerzas:

–¡Soy un cobarde! ¡Soy una víctima! ¡Lo tengo bien merecido!

Dos gavilanes que se encontraban cerca echaron a volar asustados.

Descendió por el mismo lugar, casi a la carrera, saltando las matas y tropezando constantemente. Fue un milagro que no echase a rodar en algún momento. No se detuvo al llegar a la laguna y aceleró incluso su carrera enloquecida. Se cruzó con una pareja de excursionistas que, con el macuto al hombro, iniciaban una marcha, y que se sorprendieron al verlo aparecer de aquella forma. Incluso se detuvieron un instante y uno de ellos le gritó:

–¿Te ocurre algo, chaval?

Pero Diego no respondió, no dejó de correr, ni siquiera se volvió.

Cuando llegó a la estación, estaba exhausto y el sudor ya le caía a chorros por la cara, mezclándose con las lágrimas.

Había comenzado a llorar sin darse cuenta, sin pretenderlo, sin ser consciente siquiera. Se dirigió al pequeño andén y se dejó caer sobre un banco de madera. El lugar estaba prácticamente desierto. Trató de secarse la cara con las palmas de las manos, primero, y con las mangas de la camisa, después.

Mientras se calmaba un poco, mientras se recuperaba del esfuerzo, su cerebro no dejaba de martillearle con una palabra: «¡Cobarde!».

A última hora le había faltado el valor necesario, porque pensaba que quitarse la vida, como sostienen algunos, no es un acto de cobardía. A partir de ese instante tendría que añadir también la cobardía al resto de sus males. Y, por supuesto, acostumbrarse a vivir con ella a todas horas. ¿Podría con todo? ¿Podría arrastrar el hecho de ser una víctima? ¿El miedo? ¿La resignación? ¿La cobardía?

A los quince minutos aproximadamente, llegó el tren. Se metió la mano en un bolsillo del pantalón y sacó el billete. Se quedó mirándolo sorprendido. Era un billete de ida y vuelta. Si cuando salió de la ciudad su intención era quitarse la vida, ¿por qué había sacado un billete de ida y vuelta?

Llegó a su casa antes que otros días y, como acostumbraba, se encerró en su habitación. Lo primero que hizo fue romper el papel que había dejado en su mesa, esa nota escrita de su puño y letra dirigida a sus padres. Luego se lavó para borrar de su cuerpo las huellas de la excursión, y se cambió de ropa. Sus padres no debían notar nada raro, y ya se buscaría una excusa para explicarles por qué ese día no había acudido al instituto.

Recordó las palabras que su padre le había dicho antes de salir de casa: «Te noto raro últimamente. Esta tarde hablamos». También tendría que buscar una excusa para evitar esa charla. Si algo no le apetecía de verdad era tener que hablar con su padre, responder a sus preguntas, mentirle deliberadamente, desesperarse porque no era capaz de descubrir por sí mismo lo que estaba viviendo su hijo.

No era la primera vez que llegaba a la conclusión de que los padres, a pesar de lo que dicen y presumen, casi siempre están en la inopia con respecto a sus hijos. Sabía de compañeros del instituto que se emborrachaban los fines de semana, que incluso coqueteaban con las drogas, sin que sus padres sospechasen nada. Y cuántos habían perdido ya la virginidad mientras sus padres creían que el sexo aún no les interesaba. Y podía seguir y seguir. Podía llegar hasta su caso concreto, para comprobar cómo sus padres pensaban que su rareza se debía a que le había dejado la chica con la que estaba saliendo. Sí, en la mayoría de los casos los padres están en la inopia, en las nubes, en los cerros de Úbeda, en Babia, en el séptimo cielo...

Se esforzó mucho en que todo pareciese normal. Antes de que volviesen sus padres del trabajo, puso la mesa y calentó la comida. Comieron juntos y procuró hablar en todo momento para evitar que su padre recordase lo que le había dicho por la mañana. Se interesó por asuntos de sus trabajos y les habló de una nueva colección de música que acababa de salir y que podía comprarse en los quioscos todas las semanas. Luego les explicó cómo era el nuevo profesor de Educación Física y la caña que les daba en el gimnasio, y hasta les comentó las predicciones meteorológicas para el resto de la semana.

Pero en cuanto terminó el postre, se levantó disparado de la silla.

–Hoy tengo que hacer un trabajo de Literatura –les dijo, a modo de disculpa–. Es muy urgente.

Por fortuna para él, sus padres tenían que ir al médico, recoger el coche del taller y luego pasar por el supermercado. Eso significaba que estarían casi toda la tarde fuera de casa. Al menos, le dejarían tranquilo. Sintió un gran alivio cuando se encerró en su cuarto.

Sin mucho interés, hizo un nuevo trabajo de Literatura. Buscó un tema sencillo para salir del paso, que no le llevase mucho tiempo. Y cuando lo terminó, a media tarde, sin saber muy bien por qué, cogió su teléfono móvil, borró sin mirarlos varios mensajes de texto que tenía y llamó a Fede.

–Hola, Diego.

Desde las primeras palabras percibió que algo le ocurría al compañero.

–¿Qué te pasa?

–Nada.

Se produjo un silencio largo y Diego notó perfectamente cómo Fede lloraba, aunque trataba de disimularlo.

–Ha ocurrido algo, no lo niegues –dijo angustiado–. ¿Han sido ellos?

–Han vuelto a hacerlo –se arrancó Fede entre gemidos–. Han vuelto a mearme a la salida del instituto. Me estaban esperando. Lo tenían planeado. ¿Por qué me hacen eso? Puedo aguantar cualquier cosa menos eso. Que se rían de mí, que me insulten, que me peguen... ¡Pero no soporto que me hagan eso!

Diego enmudeció. Le gustaría poder animar al amigo, decirle que no se preocupase, que él iba a ayudarlo. Pero sabía que todo lo que dijese serían palabras huecas, carentes de sentido y de significado. Aunque lo deseaba más que nada, era consciente de que no sería capaz de mover un dedo para ayudarlo.

–¿Qué le has dicho a tu madre?

–Que me mojé jugando en la fuente. Y en el fondo es verdad, porque después de que lo hicieran me fui a la fuente y me empapé con agua toda la ropa para evitar que oliese a... ¿Por qué me hacen esto?

–No lo sé.

Una voz interior le repetía a Diego que le dijese cosas al amigo, que lo animase, que se solidarizase con él, que le propusiese hacerles frente, que le ayudase a levantar el ánimo.

Sin embargo, las palabras no brotaban de su garganta, no se abrían paso entre sus labios. ¿Cómo podía darle ánimos alguien que tan solo unas horas antes había pensado quitarse la vida por el mismo motivo?

–¿Por qué no has ido hoy a clase? –le preguntó Fede al cabo de un rato de tenso silencio, algo más calmado, con la intención clara de dar un giro a la conversación.

–Porque quería suicidarme –respondió Diego sin rodeos.

–¿Estás de broma?

–No.

–Entonces estás loco.

–Pero me ha faltado valor, Fede. Me he dado cuenta de que, además de otras muchas cosas, también soy un cobarde.

–Pero... ¿estás hablando en serio?

–Sí.

–¡Quitarse la vida, nunca! –alzó la voz Fede, impresionado.

–No me queda otro camino.

–¡Nunca, nunca!

A Fede parecía haberle molestado mucho la inesperada confesión de Diego. Se olvidó de su angustia y de su tristeza y empezó a reprenderlo por haber pensado en lo que consideraba una auténtica locura. Recurrió a todo tipo de razonamientos para encontrar motivos de esperanza, de lucha, de resistencia... Y Diego se admiró de ello. Se admiró de cómo el compañero había arrinconado de inmediato su propia preocupación y sacaba fuerzas de flaqueza para animarlo. Fede se había convertido en un amigo, en un verdadero amigo.

–Cuando seamos viejos, veremos esta época de nuestra vida como algo insignificante.

–No estés tan seguro.

–Si se te vuelve a pasar esa idea por la cabeza, antes de cometer una locura, llámame. No lo hagas después, como ahora.

–¿Y qué ibas a hacer tú?

–Algo se me ocurriría.

La conversación, poco a poco, se fue distendiendo, sobre todo gracias al empeño de Fede, que seguía haciendo grandes esfuerzos por tratar de insuflar al amigo algo de confianza en sí mismo, algo de esperanza en el futuro.

–Además, si te suicidas, ¿quién va a enseñarme qué tipo de música es eso del jazz?

–¿Desde cuándo te interesa?

–Como te oigo hablar tanto de ella, ya me ha picado la curiosidad.

–Puedo dejarte algunos discos.

–Vale.

–Y algún libro.

–Creo que empezaré por los discos. Alguno de ese tipo del saxo. ¿Cómo se llamaba?

–Charlie Parker.

–Ese.

–Un genio.

–Ya veremos.

Y cuando se dieron cuenta estaban riéndose sin un motivo claro. Y en el fondo estaban contentos de tenerse mutuamente, de haber descubierto su amistad. Así no se sentían tan solos, aunque fuera una auténtica pesadilla lo que los unía.

–Espero que tengas razón –le dijo de pronto Diego.

–¿A qué te refieres?

–A lo que has dicho antes: que cuando seamos muy viejos y volvamos la vista atrás, nos riamos de lo que nos está pasando ahora. Pero yo lo dudo.

–Ya te lo recordaré en el asilo.

–Eso espero.

Tras una pausa, en la que los dos estuvieron a punto de despedir la comunicación, Fede cambió bruscamente de tema y dio un giro inesperado a la charla.

–¿Y cómo habías pensado suicidarte? –le preguntó.

Diego se lo explicó todo con detalle. Le habló del tren de cercanías que terminaba en una estación de la sierra, entre montañas; del ascenso prolongado hasta la laguna y del sendero estrecho y retorcido que terminaba sobre la mole rocosa; de la pared vertical y de la sensación de vértigo que producía cuando te situabas justo en el borde del precipicio y mirabas hacia abajo.

–¿Sabes una cosa? –le dijo al final–. Cuando volví a la estación, me di cuenta de un detalle importante.

–¿Qué detalle?

–Había sacado un billete de ida y vuelta.

–Eso dice mucho en tu favor.

–¿Tú crees?

–Sí.

Se despidieron y quedaron en verse al día siguiente, por la tarde. Buscarían un lugar alejado del instituto, del barrio. Diego le llevaría algunos discos de jazz, entre los que no faltaría uno de su admirado Charlie Parker, *Bird*.

12

La bola de nieve

A la mañana siguiente, nada más enfilar el camino hacia el instituto, pensó en las paredes del edificio, pasto habitual de grafiteros y de simples engorrinadores armados con aerosoles y rotuladores de trazo grueso. Entre aquel marasmo de rayas y colores se imaginó su nombre escrito al lado del de Fede, unidos por un corazón. O, más que sus nombres, los verdugos habrían escritos sus motes. *Bird* y Citoplasma. La bola de nieve seguiría creciendo inexorablemente sin que nadie moviese un dedo para detenerla.

En cuanto salió a la avenida amplia que debía conducirle hasta el centro escolar, sintió que no caminaba solo. Oyó sus pasos tras él, sus risas, algún comentario en voz baja. Nada había cambiado. Y si algo cambiaba, estaba claro que era a peor. Eran ellos. Los cinco. Sabía sus nombres. No tenía la menor duda.

–¡Hola, pajarraco!

–*¡Bird, Bird, Bird!*

–¡Pío, pío, pío!

–Pensábamos que ya no volverías nunca más al instituto, que nos habíamos librado de ti.

–Pero nos equivocamos.

–Aunque el que se ha equivocado de verdad has sido tú. Tenías que haberte quedado en tu casita para siempre. Aquí no queremos escoria.

–¡Escoria! ¡Puta escoria!

–Eso es lo que eres.

–Y tú lo sabes.

–¡Ah! Me felicitó el profe de Literatura por el trabajo que le presenté.

–A partir de ahora nos harás todos los trabajos.

–Harás todo lo que te mandemos.

–Y si te niegas, te mataremos.

–¿Dónde has dejado a tu amor?

–¿Dónde has dejado a ese cerdo?

–Deberíais venir juntos.

–¿Hoy no lo esperas?

–No tardará en pasar.

–Así podréis ir cogiditos de la mano.

–Abrazados.

–¡Maricones!

–¡Escoria!

–No os queremos aquí.

–No os queremos en ninguna parte.

Diego sintió cómo uno de los verdugos escupía. Los otros soltaron una estruendosa carcajada. Luego, sin dejar de insultarlo un solo momento, lo adelantaron. Al pasar junto a él, uno de ellos lo empujó mientras que otro le ponía la zancadilla. Se tambaleó y a punto estuvo de caer.

Aminoró el paso para que se alejasen cuanto antes. Sentía una opresión enorme sobre todo su cuerpo, como si una roca tan grande como la de la sierra hubiese caído sobre él. Tenía la sensación de que sus órganos vitales funcionaban con dificultad: su corazón, sus pulmones, su cerebro, su estómago... Deseó morirse allí mismo, en medio de la acera. Sería lo mejor. Durante un instante cerró los ojos y se dijo a sí mismo, con resolución:

«¡Vamos! ¿A qué estás esperando? ¡Muérete de una vez!».

Pero comprendió enseguida que la muerte no iba a hacerle caso. Tendría que seguir respirando y padeciendo, a su pesar.

Se descolgó la mochila de sus hombros y la revisó con la mirada. No le fue difícil descubrir el escupitajo. Abrió la cremallera y sacó un paquete de pañuelos de papel. Extrajo uno y, con una mezcla de rabia y asco, lo limpió.

Cuando llegó al instituto se sentía completamente hundido. Al acoso constante, a las vejaciones e insultos, tenía que unir ahora varios fracasos encadenados. Fracasos personales. Le dolía aceptarlo, pero no tenía más remedio que reconocer que había fracasado en su intento de plantar cara a los verdugos y, lo que era peor, había fracasado también en su intento de suicidio y hasta en el hecho mismo de morirse.

Junto a la puerta de entrada descubrió la primera pintada:

DIEGO ♥ FEDE

Se había equivocado. Esta vez no habían recurrido a sus motes, sino que habían utilizado sus propios nombres; sin duda, con la intención de causar más daño.

Se cruzó con Gloria. Ella se detuvo y se quedó mirándolo, pues sin duda recordaba la llamada que le había hecho dos días antes. Hizo incluso intención de acercarse, de dirigirle la palabra. Pero Diego no quiso ni mirarla. Sabía que estaba allí, que se había detenido, que había hecho intención de hablarle..., pero pasó ante ella con la cabeza baja, hundido, completamente hundido.

Ya en clase, pensó que la situación estaba llegando a un punto en el que tendría que empezar a causar estragos. Y él no podría evitarlo. Por consiguiente, debía prepararse para las consecuencias, que no serían otras más que una caída en picado hacia la nada. Ya estaba repercutiendo seriamente en sus relaciones personales, pero pronto se extendería a otros ámbitos, como sus estudios. Cada día se concentraba peor, cada día le costaba más trabajo estudiar, atender en clase, llevar las asignaturas al día. Los verdugos parecían unos expertos y hacían su trabajo concienzudamente: en poco tiempo le convertirían en escoria, en puta escoria.

Pasó el recreo escondido en una de las cabinas de los aseos, subido sobre la taza del inodoro para que no se vieran los pies por debajo de la puerta, con todos los músculos del cuerpo en gran tensión, temblando de miedo cuando algún ruido le llegaba desde el exterior.

«¡Muérete ya, Diego! –se repetía–. ¿A qué estás esperando?».

Solo regresó a clase unos minutos después de que el timbre hubiese sonado, para asegurarse así de que los verdugos no estarían esperándolo en algún sitio.

Durante el resto de la mañana comprendió que era un martirio demasiado grande, del que ninguna persona podría salir indemne. Y si algo le preocupaba de verdad era quedar seriamente tocado para el resto de su vida; convertirse en un enfermo mental, en una piltrafa, en un cobarde lleno de neurosis, como esos personajes siniestros que a veces aparecen en las películas y que justifican todas sus acciones repugnantes por situaciones terribles que tuvieron que vivir durante su infancia y juventud.

Solo cuando sonó el timbrazo de salida, el último de la mañana, el más deseado por los alumnos, se dio cuenta de que el pupitre de Fede estaba vacío. Le sorprendió no haberse dado cuenta antes. Como era habitual en él, dejó que todos salieran y solo unos minutos después se atrevió a abandonar el aula.

Pensó en Fede, en los motivos que le habrían llevado a quedarse en su casa. Entonces le pareció verlo claro: solo había una explicación posible. Los verdugos, antes de asaltarle a él por la mañana, se habrían cebado ya con Fede y posiblemente le hubieran meado una vez más, porque sabían que eso era lo que más daño le causaba. Humillado, habría vuelto a su casa a cambiarse de ropa y se le habrían quitado hasta las ganas de volver a salir.

A escasos cien metros del instituto estaban esperando los verdugos. Por un instante, Diego sintió deseos de acercarse a ellos, de preguntarles por Fede, por lo que le habían hecho esa misma mañana y que le había impedido ir a clase. Quería reprocharles todo lo que le estaban haciendo, todo lo que les estaban haciendo a los dos. ¿Con qué intención lo hacían y, sobre todo, con qué derecho?

Pero a medida que se acercaba comprendía que no iba a ser capaz, una vez más no iba a ser capaz. Se detuvo un instante y miró a un lado y a otro. Pensó cambiar de calle, volver a su casa por otro camino, dar un rodeo. Pero sería inútil. Los verdugos ya lo habían visto y lo estaban esperando. Lo seguirían, fuese por donde fuese.

«¡Muérete de una vez, Diego! ¡Por favor, muérete de una vez!».

Iba a reanudar la marcha cuando creyó ver un pequeño objeto volando por los aires, acercándosele. No tuvo tiempo de reaccionar. Una piedra impactó en su cabeza. Sintió un dolor agudo, como una punzada. Dobló las rodillas y se dejó caer al suelo.

Oyó las risas de los verdugos. De los cinco. Sabía sus nombres. Los conocía de sobra. Se felicitaban por su buena puntería, se palmoteaban en la espalda, vociferaban.

Pero quizá el hecho de ver a Diego arrodillado sobre la acera, con las manos en la cabeza, les hizo vacilar un poco. Ellos sabían que no era conveniente marcar a sus víctimas físicamente, y esa piedra podía haber causado un estropicio.

Se cuchichearon algo en voz baja y se alejaron antes de gritar unas cuantas amenazas, las de siempre, a las que añadieron una frase nueva:

–¡Y la boca bien cerrada!

Por suerte, aquella piedra no había golpeado de lleno la cabeza de Diego, sino que le había dado de refilón, en la parte superior, junto a la coronilla. Imaginó en un primer momento que le habrían hecho una brecha y que estaría sangrando, pero enseguida comprobó que su cuero cabelludo permanecía intacto. Eso sí, un chichón considerable marcaba el lugar preciso del impacto.

Durante unos segundos lamentó la ausencia de sangre, de una brecha abierta en medio de su cabeza. Pensaba que eso habría provocado una alarma en sus padres y, al mismo tiempo, un deseo de aclarar lo ocurrido. A la fuerza se habrían acercado al fondo de la tragedia.

Pero no había sangre. El chichón se disimulaba entre su pelo largo. No tendría que dar explicaciones ni sentir que el mundo se derrumbaba a su alrededor. Y en el fondo se alegró de que no hubiera sangre.

Se levantó y se dirigió a casa. Durante el trayecto no encontró ni rastro de los verdugos.

Después de comer volvió a buscar una excusa para encerrarse en su habitación. Sabía que no podía ser bueno, y menos a su edad, pasarse las horas encerrado en un espacio de doce metros cuadrados, aunque ese fuera su sitio preferido, su rincón, su pequeño mundo. Intuía que la vida era otra cosa, tenía que ser otra cosa, que pasaba por salir a la calle, por cruzarse con la gente, por sentir el pálpito de la vida alrededor.

Pero tenía la sensación de que su situación ya no tenía remedio. El acoso no solo no cesaba, sino que se incrementaba día a día, y él cada vez tenía menos fuerza, menos carácter, menos voluntad, menos esperanzas... Se veía en el fondo de un pozo muy profundo y oscuro, con el agua cenagosa llegándole hasta la comisura de los labios, sin una mísera cuerda a la que asirse, hundiéndose lentamente en el fango.

Le estremeció aquella imagen y se admiró de lo mucho que habían conseguido los verdugos. ¿Cómo era posible? Cada vez se sentía menos ser humano, menos persona y más gusano miserable, rata inmunda. Le quedaba muy poco para ser definitivamente puta escoria.

Entonces tomó una firme decisión.

Se prometió a sí mismo en ese instante que no fallaría. Volvería a la sierra al día siguiente, pero esta vez sacaría solamente un billete de ida. Estaba decidido. Vivir así no era vivir y, por supuesto, no merecía la pena. Nadie podría impedírselo, ni siquiera Fede.

A media tarde se decidió a conectar su teléfono móvil para borrar los mensajes que, como ya venía siendo habitual, le habrían dejado los verdugos. Entonces descubrió que Gloria le había llamado tres veces en la última hora. Le sorprendió la llamada y, sobre todo, la insistencia. Seguro que quería reprocharle su actitud en el instituto por la mañana, cuando pasó ante ella sin mirarla. Le diría de todo. Se lo tenía bien merecido.

Hizo un par de intentos para marcar, pero se detuvo a última hora. Tenía que pensar lo que le diría, buscar una justificación, una excusa. Luego pensó que ya no tenía que importarle nada Gloria. Ni Gloria ni nadie. A la mañana siguiente, todo habría terminado para él.

De pronto, el teléfono empezó a sonar. Miró la pantalla y descubrió un nombre: *Gloria*. ¡Era la cuarta vez que lo llamaba! Algo importante tendría que decirle. Aceptó la llamada.

–Hola.

–Hola, Diego.

Enseguida descubrió que Gloria estaba llorando. Ni siquiera trataba de disimularlo.

–¿Qué te ocurre?

–¡Es horrible!

Diego sintió un estremecimiento que lo conmovió de pies a cabeza. De pronto, una idea cobraba fuerza y hasta sentido. Los verdugos habían empezado a torturar también a Gloria. Ella le había asegurado en una ocasión que jamás lo consentiría, pero estaba claro que los verdugos eran más fuertes, recurrían a la fuerza bruta desprovista de cualquier razonamiento o sensibilidad. A su pesar, la habían convertido también en víctima, había pasado a formar parte de ese veinte por ciento que decían las encuestas.

–¿Qué ha pasado? –acertó a preguntarle.

–¿No te has enterado? –peguntó ella, acongojada.

–No.

–Fede... Fede... –se le quebró la voz varias veces–. Lo han encontrado muerto. Se ha suicidado.

Nunca Diego había experimentado una sensación parecida a la que sintió al oír aquellas palabras. Era como si estuviera dentro del baúl de un mago y este lo atravesase por todas partes con espadas, con la salvedad de que no había truco alguno y el acero ensartaba su cuerpo y lo desgarraba sin piedad, lo partía en pedazos con una fuerza sobrehumana.

Tuvo que sentarse sobre la cama para no caerse, pues de pronto todo se había vuelto etéreo a su alrededor, frágil, volátil.

«Ahora sí –se dijo–. Ahora me moriré yo también. Lo que siento solo pueden ser los síntomas de la muerte. ¡Vamos, Diego! ¡No lo pienses más! ¡Muérete de una vez! ¡Desaparece de este mundo!».

–Diego... Diego... –le llamó ella ante su prolongado e inquietante silencio–. ¿Estás ahí?

–Sí –respondió al cabo de un rato, decepcionado por poder hablar, por seguir respirando.

–¡Es horrible! –repitió Gloria.

Entonces Diego tuvo una intuición que volvió a helarle la sangre.

–¿Dónde lo han encontrado? –preguntó.

–En la sierra, junto a una laguna –respondió ella.

El presentimiento se hizo real: Fede se había servido de todas las explicaciones que le había dado la tarde anterior. Lo veía muy claro. Estaba incluso seguro de que no había sacado billete de ida y vuelta. Se había atrevido a hacer lo que él no había hecho. Pensó en las palabras de ánimo que le había dicho, en los reproches que le había dirigido, en las ganas de vivir que le había transmitido... Sin embargo, había sido él quien se había quitado de en medio. ¡Qué contradicción!

Recordó una por una todas sus palabras, en especial aquellas que hacían referencia a que los dos se reirían de lo que les estaba pasando cuando fueran muy viejos y recordasen su vida en un asilo. ¿Quién iba a poder reírse de una cosa así?

–Diego... Diego... –a Gloria le preocupaba la aparente ausencia del amigo.

–Sí.

–¿Estás bien?

–No.

–¡Qué pregunta! –reconoció Gloria–. ¿Quién puede sentirse bien después de esto?

–Fede.

–¿Qué dices?

–Que él es el único que puede sentirse bien. Por eso lo ha hecho.

–¡Cómo puedes hablar así!

–Es la verdad. Yo sé por qué se ha suicidado.

–Pues no te quedes callado –le increpó ella con rabia–. Tendrás que hacer algo.

–Podría decirte que sí, pero sé que me quedaré callado... Me gustaría poder hacerlo, en serio, pero...

–No te entiendo.

–Tú no has nacido víctima.

–¡No me vengas con el mismo rollo de siempre! –el enfado de Gloria iba en aumento.

–No puedes entenderlo.

–No es tan complicado y no soy tonta.

–Ya no soy una persona, Gloria. Conmigo también han acabado. Es tarde para reaccionar. Se ha roto algo importante dentro de mí y no hay forma de recomponerlo. Y eso me impide hacer lo que me gustaría hacer, decir lo que me gustaría decir.

–No estoy de acuerdo.

–Es así.

Molesta con la pasividad y la aparente resignación de Diego, Gloria acabó despidiéndose bruscamente y cortando la comunicación.

En unos minutos, él pasó por diferentes estados, desde sentirse flotando en un mar de irrealidad, en medio de una tempestad y rodeado de horribles monstruos, hasta conseguir una frialdad absoluta y analizar todo lo ocurrido con una lógica demoledora.

Y con la mayor clarividencia de la que era capaz, tomó la decisión más importante de su vida, que no era más que ratificar lo que ya había decidido antes de la llamada de Gloria. La muerte de Fede no le iba a detener a él. Una muerte llamaría a otra muerte. Sería la mejor forma de dar a los verdugos su merecido.

Ignoraba si Fede había dejado alguna carta escrita comunicando sus intenciones y denunciando a los que le habían martirizado sin piedad. Pensaba que no lo había hecho. Atando cabos, intentó reconstruir lo que habría pasado. Fede habría salido de su casa por la mañana camino del instituto y, poco después, los verdugos lo asaltaron. Lo insultarían como de costumbre y volverían a mearle. Fede entonces regresaría a su casa, se quitaría la ropa mojada, se volvería a vestir y se marcharía de nuevo, pero esta vez en otra dirección, en la dirección que le había comentado su amigo la tarde anterior: el tren de cercanías, la sierra, la laguna, la pared vertical... Estaría demasiado afectado para pensar en escribir una carta de despedida.

Pero él lo haría. Y daría los nombres de los verdugos en esa carta. Y lo explicaría todo. Y les haría responsables de la muerte de Fede y de la suya. No tendrían escapatoria.

Era el único camino que se sentía capaz de recorrer. La decisión estaba tomada.

«Me reuniré contigo, Fede –pensaba–. Nos vengaremos desde el otro mundo».

13

Los nombres de los verdugos

Dos días después tuvo lugar el entierro de Fede. La noticia de su muerte había aparecido en algunos medios de comunicación y se había especulado algo con las causas que lo impulsaron a tomar una decisión así. Pero, sorprendentemente, nadie habló de los verdugos. Se barajaron distintas posibilidades, pero todas se centraban en el propio Fede, en su carácter difícil, en sus muchos complejos, en sus rarezas, en sus dificultades... Incluso una televisión envió un equipo al instituto y preguntó a alumnos y profesores, sin que nadie fuese capaz de dar en el clavo. Los profesores solo se mostraron preocupados porque el buen nombre del centro escolar –y de paso su propia reputación– quedase intacto, y solo el director se atrevió a reconocer que tenía constancia de que algunos alumnos se metían con Fede debido a su físico, pero que la cosa solo podía tomarse como chiquilladas sin importancia. Los alumnos, emocionados por sentirse frente a una cámara, como los famosos, divagaban con interpretaciones disparatadas y sin sentido.

Al entierro acudieron el director del instituto y algunos profesores, los que mayor relación habían tenido con él. Permitieron también que los alumnos que lo deseasen pudieran ir y, por ese motivo, suspendieron algunas clases.

A pesar de que sabía que la mayor parte de los alumnos habían quedado en una céntrica plaza del barrio para acudir juntos al cementerio, Diego prefirió hacer el trayecto solo, en un autobús. Sentado junto a la ventanilla, con la cabeza apoyada contra la luna de cristal, no podía dejar de pensar ni un momento en la vuelta completa a la ciudad que había dado con el compañero en un autobús idéntico de la línea Circular. Ese día había empezado a conocer de verdad a Fede y, al mismo tiempo, a sentirse amigo suyo. Pero... ¡había durado tan poco esa amistad! A pesar de su brevedad, era consciente de que nunca podría olvidarla y pasaría a formar parte de su vida.

Fede ya no estaba. Nunca más volvería a ver su figura enorme y descompuesta, jamás volvería a escuchar su voz aflautada... Pero, sorprendentemente, Diego sentía con más intensidad que nunca esa amistad, como si le estuviese llegando a raudales desde el otro mundo. Llegó a pensar que el amigo había actuado con más premeditación de lo que parecía, lo había meditado bien, aunque no hubiese escrito una carta despidiéndose y acusando a los verdugos. Quizá sus planes eran más rebuscados y, poco a poco, iría descubriéndolos.

De entrada, estaba claro que la muerte de Fede había impedido la suya. A pesar de que durante los primeros momentos su determinación era seguir al amigo hasta el final, cuando consiguió calmarse un poco fue desechando la idea y sustituyéndola por otra. Ahora se preguntaba si no era precisamente eso lo que también había pretendido Fede. Él parecía estar guiándolo, llevándole de la mano, reponiéndole las fuerzas y la decisión que había perdido. Y, sorprendentemente, la cabeza de Diego, su brillante cabeza, había vuelto a funcionar.

El recuerdo del amigo, su amistad, se había convertido en el motor que tiraba de todo lo demás. Diego se sentía otra persona, sobre todo porque de pronto había descubierto una fuerza muy poderosa dentro de él. Es verdad que seguían anidando en su mente los miedos, los temores, los recelos, las angustias... Tendría que dar un paso más para desterrarlos del todo, para renacer de sus propias cenizas como el ave fénix, de esas cenizas en las que acaba convirtiéndose la escoria.

Vislumbró la tapia de ladrillo del cementerio, larga, interminable, y se levantó del asiento. Bajó de un salto cuando el autobús se detuvo frente a la entrada principal. Solo recordaba haber estado una vez allí, dos años antes, cuando murió uno de sus abuelos. Sus padres le dijeron entonces que no era preciso que fuese al cementerio, pero él quiso ir para acompañar a su abuelo hasta el final.

Sabía el lugar exacto donde iban a enterrar a Fede. Lo habían dicho en el instituto el día anterior. Sabía el nombre de la calle y el número de la sepultura. El cementerio se regía por las normas de la ciudad. Era una ciudad dentro de la ciudad. La ciudad de los muertos dentro de la ciudad de los vivos.

Nada más franquear la entrada, entre las primeras tumbas alineadas entre altísimos y esbeltos cipreses, le salieron al paso los verdugos.

Diego contaba con ello, en cierto modo hasta los estaba esperando. No se inmutó.

–Hola, puta escoria –fue el saludo de ellos.

Sabía que ahora era preciso no alterarse, no mostrar una actitud diferente. Debía mantener la calma, no perder los nervios. Tenía que seguirles el juego un poco más, solo un poco más. Solo eso.

Uno de los verdugos sacó un sobre de su bolsillo y se lo entregó.

–Íbamos a echarlo en tu buzón, pero será mejor que te lo entreguemos en mano.

Como de costumbre, su nombre aparecía escrito en el sobre con trazos gruesos de rotulador. Lo abrió delante de ellos. Sacó la hoja cuadriculada y leyó lo que ponía:

TE PASARÁ LO MISMO
SI NO MANTIENES LA BOCA CERRADA.
ESKORIA.
PUTA ESKORIA.

A Diego le dieron ganas de sonreír, pero se contuvo. Notó cómo la fuerza seguía aumentando dentro de él, y la confianza, y el ánimo, y la determinación... Metió el papel en el sobre y se lo guardó.

–No lo olvides.

–Nosotros hablamos siempre en serio.

–Muy en serio.

Los verdugos se alejaron de él.

Pensó que era mucho más listo que todos ellos y, desde ese momento, mucho más fuerte. Pero él nunca antepondría la fuerza a la razón. Los tenía definitivamente en sus manos. Eran tan torpes que seguían aportándole pruebas. El día anterior había guardado celosamente en su ordenador los últimos correos recibidos, llenos de insultos y amenazas. Había guardado también los mensajes del mismo tipo que le habían llegado a su móvil. Ahora tenía hasta una prueba escrita de su puño y letra. Los tenía en sus manos. Se estaba acercando el momento de hacer justicia.

Cuando llegó a la sepultura, se encontró con que ya había mucha gente congregada en los alrededores. La lápida estaba levantada y unos empleados esperaban la llegada del coche fúnebre, que no debía de tardar. Allí estaban ya el director del instituto y algunos profesores. Muy cerca de ellos, apiñado, un grupo numeroso de alumnos, casi todos de su clase. Algunos más estaban dispersos. También habían llegado ya los verdugos.

Los cinco.

Los conocía de sobra.

No faltaba ninguno.

Sabía sus nombres.

Vio a Gloria y se quedó mirándola fijamente. Ella también lo miró, quizá sorprendida de que no bajase la cabeza como había hecho en otras ocasiones, de que no la rehuyese, de que no la esquivase. Su miraba era distinta y le transmitía sensaciones nuevas, desconocidas. Se preguntó si esa mirada significaba algo más.

Poco después llegó el coche fúnebre, seguido de otros vehículos. Diego reconoció a la madre de Fede, aunque solo la había visto una vez. Su estado era patético y sobrecogedor. Dos hombres la llevaban todo el tiempo cogida por los brazos, como si temiesen que pudiera desplomarse en cualquier instante. Los dos hombres tenían los ojos rojos, abultados, y las huellas del dolor marcadas en su rostro. Otras personas descendieron también de los coches, con el mismo gesto, con las mismas huellas, con el mismo dolor.

Contemplando aquellas figuras, aquellos semblantes rotos, Diego recordó las palabras que el director del instituto había dicho en televisión al referirse a Fede, calificando de «chiquilladas» el acoso y las vejaciones que venía sufriendo. ¡Chiquilladas! ¿Qué clase de chiquillada era aquella?

Sacaron el ataúd cubierto de coronas de flores. Una de ellas la había enviado el propio instituto:

TUS PROFESORES Y COMPAÑEROS NO TE OLVIDAN

Era la frase tópica y, por eso, quizá vacía de contenido. Pero en el caso de Diego esas palabras adquirían todo el sentido del mundo, porque él no olvidaría nunca, a pesar de que su amistad había sido muy breve. En muchas ocasiones, los lazos más profundos entre las personas no los crean el tiempo ni la proximidad, sino sentimientos más inexplicables, complicidades, solidaridad, ayuda desinteresada... Eso les había ocurrido a ellos. Solo durante unos pocos días habían podido llamarse amigos, pero durante ese tiempo sus vidas se acercaron tanto que su relación tuvo una complicidad difícil de conseguir. Compartir el dolor, la tristeza, el miedo, el acoso, la injusticia... los había acercado para siempre. ¿Para siempre?

–Para siempre –susurró Diego para sí.

Colocaron el ataúd sobre la abertura de la tumba, sujeto con grandes sogas que los sepultureros habían pasado por debajo. A una voz del que parecía llevar el mando de la cuadrilla, comenzaron a soltar cuerda, de modo que la caja fue descendiendo poco a poco.

El silencio solo era roto por el llanto desconsolado de la madre, al que se habían sumado otros llantos, por lo general ahogados tras un pañuelo.

Diego notó que la piel de todo el cuerpo se le erizaba y que una parte de él salía misteriosamente al exterior en busca del amigo para acompañarlo hasta el fondo de aquel agujero oscuro.

Se escuchó el impacto que produjo la caja al tocar el suelo. Los sepultureros sacaron las sogas y, de inmediato, procedieron a sellar la fosa con ladrillos. En medio del dolor y del silencio, resultaban extraños aquellos sonidos, causados por el ajetreo de unos hombres acostumbrados a ese trabajo: sus voces, la paleta removiendo el yeso, el golpear de un ladrillo contra otro...

En ese momento, la madre de Fede tuvo una crisis nerviosa y, después de un grito desgarrador, que conmovió a todos, se desvaneció. Los dos hombres que la llevaban del brazo la mantuvieron de pie; incluso uno de ellos trató de reanimarla aireando su cara con la palma de la mano. Se acercaron otras personas y se formó un pequeño corro alrededor. Al cabo de un par de minutos pareció restablecerse un poco, pero los que la acompañaban decidieron que ya no debía permanecer más tiempo en aquel lugar. Uno de los hombres, que Diego dedujo que era el padre de Fede, alzó la voz y se dirigió a los congregados:

–En nombre de la familia, gracias, muchas gracias por vuestra compañía y por vuestro consuelo.

A continuación, la familia abandonó el cementerio.

Diego pensó que sería mejor así. Ya tendrían tiempo de enterarse más adelante, cuando estuvieran un poco más serenos. Les evitaría un sufrimiento añadido.

Durante unos minutos, la gente no sabía muy bien qué hacer, si permanecer junto a la sepultura hasta que los sepultureros terminasen su trabajo o marcharse, como había hecho la familia. Y Diego aprovechó ese momento de indecisión. No podía esperar más.

Se abrió paso entre la gente y se plantó frente a los verdugos. Cara a cara. Los miró. Se sintió seguro, capaz, invencible... Agradeció una vez más a Fede las fuerzas que le había dado. Después, alargó su brazo derecho y les apunto con el dedo índice.

–¡Ellos son los culpables! –alzó la voz para que todos pudieran oírlo.

Los verdugos se miraron, confundidos, nerviosos, acorralados.

–¡Ellos son los que lo han empujado! –continuó Diego–. ¡Están aquí, entre nosotros! ¡Diré sus nombres! ¡Los conozco perfectamente!

Uno de los verdugos tuvo la osadía de acercarse hasta él y amenazarle en voz baja:

–¡Si no te callas te mataremos!

Pero Diego sabía que nada ni nadie iba a hacerle callar.

–¡Os habéis equivocado conmigo! –continuó como si tal cosa–. ¡Yo no soy una víctima! ¡Soy un ser humano, como lo era Fede!

Los verdugos se juntaron, se apiñaron, retrocedieron lentamente.

–¡Ellos son responsables de su muerte! ¡Diré sus nombres!

Y, uno a uno, pronunció los nombres.

Al instante se levantó un revuelo enorme, circunstancia que aprovecharon los verdugos para escabullirse y marcharse del cementerio. Estaban asustados y acobardados. Ni siquiera fueron capaces de urdir una mentira para defenderse.

A Diego le rodeaban ahora los profesores del instituto, los compañeros, la gente que había ido al entierro. Todos querían saber algo más, que les explicase a qué se estaba refiriendo cuando hablaba de esa manera, cuando acusaba incluso dando nombres y apellidos.

El director del instituto se había plantado delante de él.

–¿A qué viene este escándalo? –le dijo–. Deberías mostrar un poco más de respeto.

–Lo hago por respeto a Fede –respondió Diego.

–¿Sabes algo que nosotros desconozcamos?

–Mucho.

–Pues habla.

–Sí, voy a hablar. Ya he empezado y nadie conseguirá callarme. ¡Nadie!

Diego se dio la vuelta, se abrió paso entre el tumulto que lo rodeaba y se alejó resuelto. Oía un murmullo a su espalda.

Al cabo de unos minutos, sintió unos pasos tras él y, luego, una presencia a su lado. Volvió la cabeza.

–Hola, Gloria –la saludó.

–¿Adónde vas? –le preguntó ella.

–A la comisaría de policía.

–Iré contigo.

Ella le cogió de la mano. Aquel contacto le pareció a Diego la sensación más hermosa que había vivido durante los últimos días. Entrelazó sus dedos con los de ella.

Miró hacia lo alto. El cielo, el famoso cielo de la ciudad, plasmado por tantos pintores y descrito en tantos libros, mostraba un azul muy intenso, refulgente, solo manchado por una nube que la brisa que llegaba de la sierra parecía estar deshilachando. Sin consideración al descanso de los muertos, con gran estruendo, un helicóptero sobrevolaba en ese momento el cementerio.

–¡Gracias por tu ayuda, Fede, amigo! –gritó con fuerza.

ALFREDO
GÓMEZ CERDÁ

Nací en Madrid, en casa de mi abuela Dolores, en el verano de 1951, a la hora de comer. ¡Qué inoportuno! Como no tenían una cuna a mano, me metieron en un cesto de la ropa. Entre aquellos mimbres dormí mi primera siesta.

Pero creo que hasta que no cumplí los quince años y comencé a ir a un instituto situado muy cerca de la Plaza de España, no comprendí que realmente vivía en Madrid.

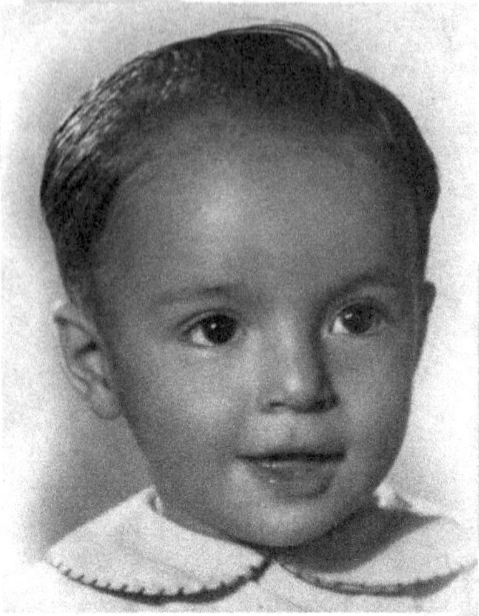

Había nacido en un barrio de la periferia, Carabanchel Bajo, y apenas había salido de él. Creo que toda la gente que vivía entonces allí tenía la idea de que una cosa era el barrio y otra, distinta, Madrid. Cuando alguien iba al centro de la ciudad, siempre decía «voy a Madrid», como si Madrid fuera otra cosa.

En ese barrio he vivido muchos años –no solo mi infancia y mi adolescencia– y siempre lo consideraré mi barrio, aunque me vaya a vivir a la Cochinchina. Hoy, apenas lo reconozco, pues la especulación inmobiliaria lo ha arrasado. Tengo la sensación, como dice un escritor al que admiro, Julio Llamazares, de que «nací en un lugar que ya no existe».

Recuerdo muchas cosas de mi infancia, pero una quizá sobresale del resto: el patio enorme de la casa de mi abuela Dolores. ¡Menudo patio! ¡La de horas que habré pasado en él jugando con mis primos! Por cierto, tengo primos para aburrir.

Recuerdo también los colegios del barrio donde aprendí a leer y a escribir, pequeños, viejos e incómodos; por eso me quedé con la boca abierta cuando, al comenzar el Bachillerato, mis padres me llevaron al colegio Amorós, con los frailes. El colegio estaba situado en dos edificios bajos y gemelos en medio de una finca inmensa. Se llegaba por una calle que estaba entonces sin asfaltar, y cuando llovía volvíamos a casa con barro hasta en las orejas. Había campo de fútbol, de balonmano, de baloncesto, una piscina que en invierno se helaba, zonas arboladas, un huerto, un palacio del siglo XVIII que perteneció a Godoy... Solo había una cosa en aquel colegio que no me gustaba: los profesores. Sentía pánico de los profesores porque a las primeras de cambio te pegaban una bofetada con todas sus ganas. Una, o dos, o tres, o diez... Todos perdimos la cuenta. Nadie se libró de los tortazos. Eso sí, a veces, algún profesor se ponía a jugar al fútbol con nosotros durante la media hora del recreo; entonces nos aprovechábamos y le dábamos patadas hasta en el carné de identidad. Mis cuatro años en el colegio Amorós habrían sido fantásticos si los profesores se hubieran dedicado solo a enseñar.

El instituto fue como una bocanada de aire fresco. Me sentí tan a gusto allí, tan libre, que hice de todo menos lo que se supone que debía hacer: estudiar. Lo pasé de maravilla, pero no hablaré aquí de mi expediente académico.

En aquella época descubrí el teatro. Me fascinó. Escribía desde los once años, pero a par-

tir de ese momento –y durante mucho tiempo– solo escribí teatro.

Siempre cuento que mi primera experiencia literaria, es decir, la primera vez que algo que yo escribí llegó a los demás, sucedió cuando tenía veinte años y fue precisamente a través de una obra de teatro. Yo era el autor, el director y el actor principal. Muchos pensarán que era, además, un auténtico acaparador.

Había dejado los estudios al terminar el Bachillerato y había empezado a trabajar en lugares muy aburridos que no me interesaban nada (una compañía de seguros y la Administración). Pero como la literatura era ya mi pasión, a los veintiún años decidí matricularme en la facultad de Filología Hispánica. Fueron cinco años en los que apenas pude escribir, ya que trabajaba por las mañanas y asistía a clases en el turno de tarde. Además, poco después nació mi hijo, Jorge.

Solo sacaba tiempo para escribir alguna poesía corta en el G, que era el autobús que iba desde Moncloa hasta la facultad de Filología.

Eso sí, en cuanto terminé la carrera me desahogué escribiendo un novelón que tenía más de quinientos folios escritos a máquina, con los renglones bien apretaditos. Nadie quiso publicármelo, y hoy entiendo el porqué: de los quinientos folios, le sobraban trescientos, más o menos. Pero, eso sí, yo me quedé tan a gusto.

Como había decidido que no quería dedicarme a la enseñanza –¡qué cosa tan difícil la enseñanza!–, empecé a escribir sin parar.

A los veintiocho años conocí a un productor de cine y colaboré como guionista en su empresa. Era para mí un mundo desconocido y fascinante. Durante dos años, hice algunos guiones y adapté novelas, pero no fue una experiencia gratificante, sobre todo porque las películas que se hacían allí no me gustaban nada. Fue una pena, porque el cine me encanta.

Y por aquel entonces sucedió. No sé por qué, pero sucedió.

Acababa de cumplir treinta años, y mi hijo Jorge, seis. El caso es que escribí dos libros para niños, uno se llamaba *El árbol solitario* y el otro *Las palabras mágicas*. Me sentía muy inseguro escribiendo relatos infantiles, pero decidí probar suerte con un premio literario que vi anunciado en alguna parte. Se llamaba –y se llama– El Barco de Vapor. Envié *Las palabras*

mágicas y no se me dio mal, pues gané el segundo premio y, sobre todo, me publicaron el libro.

Y ahí empezó realmente todo. Descubrí de pronto un mundo lleno de creatividad desbordante, de imaginación, de comunicación mágica y, en definitiva, de literatura.

Alejo Carpentier decía que los escritores no eligen los libros que escriben, sino al revés: los libros eligen al escritor. A mí me ha pasado eso con la literatura infantil y juvenil.

Desde entonces no he parado ni un solo día de escribir. No puedo parar, pues siento una fuerza misteriosa que me empuja. Primero escribo los libros en mi cabeza y luego en un papel, aunque a veces lo hago al mismo tiempo. Siempre digo que me inspiro en dos miradas: una interior, que busca dentro de mí mismo, y otra hacia fuera, que busca a los demás.

Ya he publicado más de ochenta libros –aunque muchos son cuentos cortos– y he viajado por muchas partes hablando de ellos con niños y jóvenes de todas las edades. Me gusta escribir para todas las edades –también he escrito para adultos–, me gusta tocar todos los géneros, me gusta saltar de un tema a otro... Por este motivo, algún crítico ha dicho que soy un escritor muy difícil de clasificar. A mí me encanta que mi línea sea precisamente la diversidad, pues siempre he odiado encasillarme.

Mis libros se han publicado en varios países de Europa (Francia, Italia, Portugal, Dinamarca, Suecia, Noruega, Islandia), América (Canadá, EE.UU., México, Colombia, Argentina, Brasil) y Asia (Corea, Líbano, China).

Por mi trabajo he recibido más de veinticinco premios, que siempre me han animado a continuar: Premio Altea, en 1984; accésit Premio Lazarillo, en 1985; Premio El Barco de Vapor, en 1989; Premio Il Paese dei Bambini, en Italia, en 1994; Premio ASSITEJ-ESPAÑA de Teatro, en 2001, y el Premio Nacional de Literatura Infantil y Juvenil, en 2009.

Pero el mejor premio de todos son los lectores, niños y jóvenes con los que no me canso de hablar, con los que me divierto, con los que me enriquezco siempre. Niños y jóvenes que me escriben preciosas cartas, que me llaman a veces por teléfono, que me mandan correos electrónicos... Ellos siempre me piden que no deje jamás de escribir, pero me temo que voy a defraudarlos. Sí, lo siento, he decidido que solo voy a escribir hasta que cumpla ciento treinta y siete años. Luego tengo pensado hacer otras cosas.

Entrevista a

Una novela sin concesiones

Por Carmen Albert

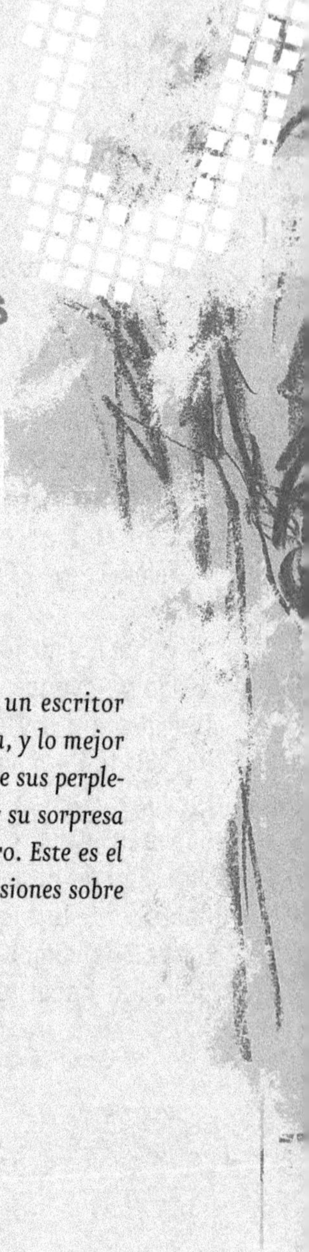

Alfredo Gómez Cerdá ha sido siempre un escritor comprometido con el mundo que habita, y lo mejor que a sus lectores nos puede pasar es que sus perplejidades, sus preguntas, su indignación y su sorpresa acaben adquiriendo la forma de un libro. Este es el caso de **Eskoria***, una historia sin concesiones sobre el tema del acoso entre adolescentes.*

Alfredo Gómez Cerdá

➔ **Algunos hechos recientes hacen que este libro, editado por primera vez hace diez años, siga teniendo una vigencia plena. La historia estremecedora que cuenta no puede resultarnos ajena, pues el acoso escolar está tristemente presente en todos los medios de comunicación. La muerte de una estudiante ha puesto en cuestión la capacidad de los centros educativos para gestionar este tipo de problemas, sobre todo debido a la precariedad de los recursos: a veces hay un solo orientador escolar para más de mil chicos. ¿Qué opinas sobre esto?**

«¿QUÉ ESTÁ OCURRIENDO EN ESTA SOCIEDAD PARA QUE EL ACOSO CREZCA DE LA MANERA QUE LO ESTÁ HACIENDO?».

Aunque el acoso se da en gran medida en los centros escolares, está muy claro que el problema excede los límites de estos recintos. Si alguien quiere ver el acoso como un problema exclusivo de los centros educativos, se estará equivocando. Tenemos que hablar de un problema social, con muchas manifestaciones. Por eso, prefiero llamarlo simplemente acoso, sin más. Y solo si lo vemos de esta forma podremos darnos cuenta de lo fundamental que sería atajar el problema desde varios frentes y, por supuesto, dedicar los recursos necesarios.

Ante la alarma social que se ha creado, en cuanto se detecta un caso –o meros indicios–, hemos pasado de una indolencia generalizada a una actitud de preocupación, en la que cada uno quiere, sobre todo, salvar su trasero. Ante la amenaza de los medios de comunicación, siempre al acecho, parece que lo único importante es seguir al pie de la letra el protocolo, que por lo general no pasa de ser un trámite administrativo. Evidentemente, eso no es ir al problema. La pregunta clave –como en otras muchas cuestiones– sería: ¿qué está ocurriendo en esta sociedad para que el acoso crezca de la manera que lo está haciendo?

¿Existen unos prototipos de acosador y acosado? Yo no lo tengo tan claro... ¿Hay alguna característica que las víctimas del acoso tengan en común?

Sí, más o menos existen. Yo leí en su momento algún artículo sobre ellos, artículos de gente que ha estudiado a fondo el problema. En primer lugar, conviene decir que no todos los chicos y chicas se dejan acosar y que muchos plantan cara a los acosadores. Quizá los que hagan esto sean más fuertes y más decididos. Pero ¿qué hace un acosador cuando ve que le plantan cara? Su actitud es tremenda: abandona a esa víctima y busca otra. El acosador es así de perverso: va pasando de uno a otro hasta que por fin da con la víctima perfecta, que por lo general es débil y no sabe, o no puede, oponer resistencia. Aparte de ser débiles, las víctimas suelen salirse de la norma, son diferentes: o bien por su aspecto físico, o por sus gustos, o por su actitud...

A los acosadores, el miedo les otorga impunidad; el miedo, y la falta de injerencia del resto de compañeros. ¿Existe un problema de responsabilidad mal integrada en los centros en general? ¿Por qué, si normalmente todos los chicos saben lo que está pasando, nadie denuncia?

«UNA VÍCTIMA ESTÁ FUERA DEL GRUPO, Y MUCHOS TEMEN QUE PUEDEN CORRER LA MISMA SUERTE SI SE PONEN DE SU PARTE».

Los jóvenes están viviendo una etapa de la vida en la que el grupo, la pertenencia al grupo, es muy importante. En el grupo se sienten protegidos. El grupo les proporciona autoconfianza. En el fondo, todos temen sentirse fuera del grupo, aunque no les gusten sus normas estrictas, aunque se den cuenta de que su propia personalidad se está viendo resentida. Una víctima está fuera del grupo, y muchos temen que pueden correr la misma suerte si se ponen de su parte. Siempre que se ha descubierto algún caso, aparecen muchos compañeros y compañeras de la víctima que comentan que ya conocían la situación, que reconocen que era injusta, que los acosadores se estaban pasando de la raya, etc. Lo sabían, pero han preferido callarse.

➔ **En los centros escolares se establece una especie de ley del silencio por la que nadie dice nada no solo del acoso, sino también de pequeños robos y de compañeros que no permiten dar las clases en condiciones por su comportamiento. ¿Falta capacidad de reacción, sobra indiferencia si el afectado no soy yo, falta fe en que el sistema pueda hacer nada? ¿Es un instituto un reflejo reducido de lo que vivimos en la sociedad?**

¿Por qué la educación no fomenta desde la más tierna infancia actitudes contrarias a esa resignación? ¿Por qué la educación no fomenta la rebeldía como reacción contra la injusticia? ¿Por qué la educación no establece el debate como forma de resolver los problemas? ¿Por qué la educación no prima la libertad como meta para que el ser humano pueda desarrollarse plenamente? Si la educación primase otros valores, seguramente el acoso tendría menos posibilidades de existir.

➔ **Aunque estas situaciones siempre han existido, ¿no es cierto que la educación que los padres damos a los hijos influye sobremanera en sus comportamientos? ¿Nos estamos ocupando de sus valores?**

«En el tema educativo, las últimas generaciones de padres son un desastre, y lo afirmo sin reparos».

Siempre me ha hecho gracia una frase que a muchas personas les gusta repetir como si creyeran que han descubierto algo trascendental: «Los centros escolares que enseñen a mi hijo, que de la educación ya me encargo yo». Los que dicen esto suelen ser los que ignoran lo más elemental de la educación, que es el respeto a los demás. En el tema educativo, las últimas generaciones de padres son un desastre, y lo afirmo sin reparos. Y la pésima educación –en el sentido amplio del término– de los jóvenes españoles, y también de los niños, es en gran medida culpa suya. No pueden inculcar valores a sus hijos porque, sencillamente, carecen de ellos. Nunca el docente ha tenido menos complicidad con los padres que en este momento, y eso me parece muy negativo.

➔ **Normalmente los acosadores son líderes negativos, buenos deportistas y gente brillante en sus relaciones sociales. Por eso tienen esa influencia en el grupo. ¿Cómo crees tú que se podría, desde los colegios, formar líderes positivos?**

No demos pistas, pues podríamos encontrarnos con que a algún político se le ocurra la brillante idea de incluir una asignatura llamada «formación de líderes positivos». La respuesta, más o menos, la he dado más arriba, y pasa por un cambio de los objetivos fundamentales de la educación; pero este cambio no debe limitarse a un artículo en una ley determinada. Debe ser una actitud de los profesores, de los centros escolares, de la sociedad y, por supuesto, de los padres.

➔ **Gloria deja a Diego porque no soporta que no reaccione, y porque ella no quiere convertirse en víctima a su vez. ¿El estatus de víctima es contagioso?**

No creo que el status de víctima sea contagioso, ni que haya un virus del acoso; pero sí que es cierto que el hacer causa común con un acosado puede ocasionarnos problemas. Gloria es de las que no se dejarían acosar, de las que plantarían cara a los acosadores. Y eso es lo que la envenena de la actitud pasiva y resignada de Diego. Quizá no ha llegado a comprender todos los motivos de Diego. Ella tampoco ha querido actuar por su cuenta y denunciar a los acosadores. Sabe que esa decisión tiene que ser de Diego, solo suya. Además, no olvidemos que Diego no es el gran acosado de este libro. El gran acosado es Fede.

→ Tú siempre te documentas exhaustivamente sobre el tema que quieres abordar. ¿Cuáles son las peores edades en el tema del acoso?

Siempre pensamos en los adolescentes, quizá porque ellos son capaces de reacciones desmesuradas, como quitarse la vida –por desgracia, se han dado varios casos en nuestro país–. La adolescencia es, además, ese momento fascinante y a veces terrible de la vida, lleno de cambios –no solo físicos–, y todos somos conscientes de que lo que se vive en la adolescencia puede marcarnos para el resto de nuestras vidas, en un sentido o en otro. Sin embargo, cuando te adentras un poco por este problema, es fácil llegar al mundo de los niños y descubrir el acoso desde edades muy tempranas. En muchas ocasiones se banaliza en exceso con la consabida frase: «cosas de niños». A veces, las «cosas de niños» pueden tener graves consecuencias. Creo que en la infancia es más fácil controlar y corregir esta actitud, pero se requiere una gran atención por todas las personas que se encuentren alrededor del niño, del acosado y del acosador.

«¿NO ESTÁ POTENCIANDO ESTA SOCIEDAD TAN COMPETITIVA EL ACOSO?».

Aunque nos saldríamos del tema, el acoso se da cada vez más entre adultos –por ejemplo, el acoso laboral–. ¿Un acosador adulto no habrá sido antes un acosador de niño, o de adolescente? ¿No está potenciando esta sociedad tan competitiva el acoso? ¿Acosar no es una forma de decir «yo valgo más que tú y estoy por encima de ti»? Volvemos a los valores de nuestra sociedad.

En los colegios, uno de los factores por los que se comienza a marginar a ciertos alumnos es el fútbol. Como bien dices, el que no juega al fútbol es considerado como raro. ¿Se puede hacer algo contra esto?

En un colegio, ningún chico –y casi ninguna chica– se atreve a decir que no le gusta el fútbol. Pero ocurre en los colegios y en casi toda la sociedad. Tengo la sensación de que en las grandes ciudades –Madrid, Barcelona, Valencia, Bilbao– el fenómeno se vive más intensamente, pues siempre tienen algún equipo luchando por algo. Imagino que los niños de Cuenca, o de Palencia, o de Badajoz, lo vivirán de otra manera, con más calma. De entrada, da la sensación de que el fenómeno del fútbol es el complemento perfecto de esa mala educación que padecemos, donde cualquier valor brilla por su ausencia. Para cambiar las cosas, lo fundamental sería tener una mejor educación, que nos hiciera más críticos y responsables. Por consiguiente, estamos ante el pez que se muerde la cola.

Los acosadores no solo utilizan la palabra hablada y el golpe directo para descalificar y humillar a sus víctimas. Ahora las redes sociales son una forma mucho más sofisticada de atentar contra la dignidad de la persona.

«LAS REDES SOCIALES SON EN LA ACTUALIDAD UN ESCENARIO PERFECTO PARA LLEVAR A CABO EL ACOSO, PERO NO EL ÚNICO».

Las redes sociales son en la actualidad un escenario perfecto para llevar a cabo el acoso, pero no el único. El acosador gusta del cuerpo a cuerpo, y la humillación es mayor cuando la víctima se encuentra a sus pies. Cuando escribí la novela, el fenómeno de las redes sociales no se había desarrollado aún. Si tuviera que escribir el libro de nuevo, no cambiaría nada, aunque podría hacer mención –solo mención– a las redes sociales. Con Diego y con Fede, los acosadores ya han dado un paso más, ya han llegado al golpe, al insulto, al escupitajo, a la meada...

→ **Los motes son una constante en algunas de tus obras, en el momento en el que el mundo escolar aparece. Aquí solo se da en los motes de los acosados, Bird y Citoplasma. ¿Es el mote o apodo una seña de identidad de los adolescentes?**

«HAY MUCHOS ADOLESCENTES QUE SE SIENTEN MÁS CÓMODOS CON SU MOTE QUE CON SU PROPIO NOMBRE».

Hay muchos adolescentes que se sienten más cómodos con su mote que con su propio nombre. Me ha ocurrido más de una vez que, a la hora de dedicar un libro, me han pedido que les ponga el mote por el que realmente son conocidos. El mote no tiene por qué ser despectivo. Diego, desde luego, no se siente mal porque los acosadores le llamen *Bird*, que a su vez era el mote de Charlie Parker: hasta podría ser un halago para él, que tanto admira al genio de jazz. Cuando llamo a un personaje por un mote, en realidad estoy reflejando un hábito social, con especial importancia en el mundo escolar; una manera de hablar, una manera de reconocerse. Hay motes que definen perfectamente a una persona: los adolescentes tienen una habilidad increíble –y hasta perversa a veces– para poner motes.

→ **La música, de nuevo, es un tema importante que aparece en la historia. Es curioso que en este caso se trate de Charlie Parker y el jazz. En *Las siete muertes del Gato*, fue Jim Morrison. Ambos son nombres que pertenecen a épocas anteriores a la de los chicos. La sensación que da es que a través de esas menciones quieres contagiar tu entusiasmo por esa música a esta nueva generación de lectores.**

No trato de reivindicar la música de mi generación, como dices, ni darla a conocer a los más jóvenes. Hablo de auténticos

«DIEGO ES PECULIAR Y TIENE UNA PERSONALIDAD MUY MARCADA. ESO CONTRIBUYE A QUE LOS ACOSADORES LO ELIJAN COMO VÍCTIMA: SE SALE DE LA FILA».

iconos de la música, que ya han trascendido las barreras generacionales. ¿Quién se atreve a ligar a Charlie Parker exclusivamente a la década de los años cuarenta, que fue cuando se dio a conocer al mundo? Él es una parte importante de la historia del jazz. ¿Y por qué elijo el jazz? Hay un motivo claro, evidente en la propia novela: el jazz no es una música que atraiga de entrada a los adolescentes, que suelen preferir cosas más livianas y comerciales; sin embargo, es la música que le gusta a Diego, influenciado por los gustos de sus propios padres. Esto le hace distinto a los ojos de los demás, es un motivo más de diferencia. Diego es peculiar y tiene una personalidad muy marcada, en un momento en que es difícil hacerlo. Eso contribuye a que los acosadores lo elijan como víctima: se sale de la fila.

➔ **Hay, por cierto, una cita de Jim Morrison que me gustaría que comentaras. Dice así: «La gente tiene más temor a la muerte que al dolor. Es extraño que ellos teman a la muerte, la vida duele mucho más que la muerte».**

Jim Morrison solo ha repetido una frase que se ha expresado muchas veces a lo largo de la historia. La vida puede ser más dolorosa que la muerte, y ese dolor se puede prolongar interminablemente. Pero el instinto de supervivencia nos hace aferrarnos siempre a la vida.

➔ **Otra de las cosas en las que Diego es distinto de los demás chicos es en que no le gusta el ruido, sino el silencio. Es verdad que en nuestro mundo actual la mayoría de las personas no parecen soportar bien el silencio y la soledad.**

Eso que decía Machado de «converso con el hombre que siempre va conmigo» no está precisamente de moda.

«DIEGO VA A REIVINDICAR LO QUE YO MISMO REIVINDICO: SILENCIO».

La imposibilidad del silencio en el mundo actual y el pánico a la soledad, sin duda, están conformando a las nuevas generaciones. Se busca el ruido permanente, el ruido tranquilizador, el ruido que embota todos los sentidos, el ruido que reduce a la nada el tiempo del análisis, de la reflexión, del debate interno. Y para conversar «con el hombre que siempre va conmigo» es precisa la reflexión. Son las señas de identidad de una época que tiende a la vacuidad, a la indiferencia, a la autocomplacencia más ramplona, a que nos den las soluciones de todos los problemas envasadas y hasta con fecha de caducidad. Diego va a reivindicar lo que yo mismo reivindico: silencio. Pero silencio como plataforma, como punto de partida. Y algo tan elemental y necesario va a convertirse en un *handicap* para él, le va a hacer todavía más diferente, más raro.

➔ **En los casos de acoso de cualquier tipo, se crea un estado psicológico en la víctima que la inmoviliza y no le permite reaccionar para defenderse y salir de esa situación. ¿Has conocido algún caso? ¿Este libro te ha dado ocasión de ayudar a alguien? ¿Eres consciente de que historias como esta sirven para concienciar a otros? Durante tus visitas a los centros educativos, ¿qué reacciones has cosechado?**

Mientras escribía el libro leí testimonios reales de muchas personas que habían vivido una situación así y que, por lo general, lo habían mantenido en secreto durante años. Esa, por desgracia, suele ser una actitud muy generalizada de las víctimas. Se tragan el problema y no se entera nadie. Pero cuando alguien se traga algo así, de inmediato surge otro problema: la digestión.

Y el que ha vivido un drama de ese tipo, por lo general nunca lo digiere del todo. Me sorprendió que el hijo de una amiga, que tendría ya más de veinte años, cuando se enteró de que estaba escribiendo este libro, me reveló qué él había sido acosado duramente en el instituto. Hasta entonces lo había mantenido en secreto.

El libro ha servido muchas veces para que algunas víctimas se decidan a hablar. Algún chico o chica, después de una charla en un instituto, me ha contado en privado su calvario, o bien se lo ha dicho a sus profesores, o a sus padres. El libro ha sido el revulsivo que necesitaban.

➔ **Eso tiene que producir una enorme satisfacción... ¿Qué les dirías a los Fedes y a los Diegos que seguramente habrá entre tus lectores?**

«ES MUCHO MÁS IMPORTANTE SER UNO MISMO QUE PERTENECER A UN REBAÑO UNIFORME».

En primer lugar, plantad cara a los acosadores, aunque os la partan. Nunca viváis solos una situación así; contádselo a vuestros amigos, a vuestros padres, a vuestros profesores... Vais a encontrar apoyo y comprensión, seguro. Lo último que debéis sentir es vergüenza por lo que os está pasando. No es más valiente el que se calla y no pide ayuda. Valiente es el que se enfrenta al problema y busca ayuda para solucionarlo. Es mucho más importante ser uno mismo que pertenecer a un rebaño uniforme. Negarse a aceptar una situación tan injusta os dará fuerzas para rechazar la injusticia siempre.

➔ **Al leer el periódico, Diego piensa que hay «noticias terribles ante las que nadie parecía reaccionar», y que «los seres humanos se acostumbraban a todo, a las injusticias y a las mayores atrocidades». ¿Alguna fórmula para desanestesiarnos?**

Lo que Diego constata no tiene vuelta de hoja. Las noticias cada vez duran menos tiempo, aunque se trate de grandes tragedias. Nos tiene que salpicar la sangre de los muertos para que reaccionemos. ¿Cómo desanestesiarnos? Yo creo que el propio Diego nos va dando algunas pautas. El libro, la lectura, se está convirtiendo en el último reducto de racionalidad.

➔ **¿Cómo te definirías como escritor? Siempre has dicho que eres un escritor de imaginación y no de fantasía. ¿Nunca te has propuesto escribir literatura fantástica?**

«SUELO DECIR QUE PREFIERO LA IMAGINACIÓN A LA FANTASÍA».

En la pregunta está casi la respuesta. Es así. Suelo decir que prefiero la imaginación a la fantasía. Para mí, la literatura es una confrontación permanente con la vida. Me gusta la literatura fantástica cuando, de algún modo, nos está remitiendo a la vida, a los grandes sentimientos, a las grandes dudas, a los grandes temores; pero me aburre soberanamente cuando se queda encerrada en sí misma y comienza a dar vueltas, como el tambor de una lavadora en el momento del centrifugado. Me gusta el juego entre la realidad y la fantasía, que yo mismo he planteado en muchos libros infantiles –*Nano y Esmeralda*, *Apareció en mi ventana*, *El monstruo y la bibliotecaria*–. En *Menguante* cuento la historia de un hombre que comienza, sorprendentemente, a menguar; de hecho, cuando empieza la novela mide aproximadamente un palmo. ¿Esto significa que se trata de una novela fantástica? Pues no. En *El beso de una fiera* planteo el mito del hombre lobo, y la protagonista es una loba que determinados días se convierte en mujer. ¿Una novela fantástica? Pues tampoco. Es muy fina y muy sutil la línea que separa imaginación de la fantasía.

➔ Tú mantienes siempre un compromiso con tu literatura. Y hay temas en los que no es fácil mantener un equilibrio entre este compromiso y el lugar común. ¿Hay algún tema que hayas querido tocar y no hayas sabido cómo? ¿O alguna historia que está pugnando por convertirse en un nuevo libro?

«¿ACASO LA LITERATURA DEBE EVITAR LOS TEMAS ESPINOSOS? YO CREO QUE TODO LO CONTRARIO».

Nunca me he autocensurado cuando escribo para jóvenes, ni consciente ni inconscientemente. Solo he pretendido hablar a los lectores cara a cara, los dos en un mismo plano, de tú a tú. Nunca de arriba abajo. Y les he hablado de lo que yo he querido, de las cosas que me sorprendían, que me desconcertaban, que me inquietaban... Me dicen que hay temas muy duros en mis novelas. Quizá. Pero ¿qué quiere decir eso? ¿Acaso la literatura debe evitar los temas espinosos? Yo creo que todo lo contrario. A un escritor –al menos a mí– nunca le llaman la atención la placidez, el confort, el conformismo... Lo que nos hace pensar y, en definitiva, lo que nos hace escribir son el caos, la injusticia, la desigualdad, la ignominia, el desconcierto, el sentido de las cosas... Creo que los temas que he querido tocar, los he tocado. Por supuesto, ya hay otros que están en camino.

Esperemos que pronto alguno de estos proyectos llegue a nuestras manos, y de nuevo unos personajes bien trazados nos cautiven con su historia personal a la vez que nos remueven algo por dentro.

«Mis recomendaciones se pueden resumir en pocas palabras:
leer, leer, leer... vivir, vivir,vivir...
Escribir, escribir, escribir».

ALFREDO **GÓMEZ CERDÁ**

COMPAÑEROS DE VIAJE DE **ESKORIA**

ALGUNOS LIBROS, PELÍCULAS Y MELODÍAS
PUEDEN ACOMPAÑAR A ESTE LIBRO EN SU LARGO VIAJE.

UN LIBRO: **21 relatos contra el acoso escolar**, de varios autores

Poco después de publicar *Eskoria*, contactó conmigo el escritor Fernando Marías para proponerme participar en un proyecto que él mismo iba a coordinar. Se trataba de reunir en un libro relatos de varios escritores sobre el acoso. En ese momento –no hacía mucho tiempo que el joven Jokin se había quitado la vida en Hondarribia al no soportar la situación de acoso a la que era sometido–, el tema era de gran actualidad en el país y la sociedad comenzaba a concienciarse. Participamos veinte escritores y un dibujante. El resultado es *21 relatos contra el acoso escolar*. Mi aportación fue el relato titulado «Figura de carbón», en el que intento dar una vuelta de tuerca al tema. Hay nombres tan reconocidos como César Mallorquí, Care Santos, Lorenzo Silva, Ana Alcolea, Jordi Sierra i Fabra, Elia Barceló, etc.

UNA PELÍCULA: **Bird**, de Clint Eastwood

No he tenido ninguna duda a la hora de buscar una película. Por supuesto, *Bird*, dirigida por Clint Eastwood, gran aficionado al jazz, en 1988. No se limita a contar la vida del genial saxofonista y a rendir homenaje a su música. Es una obra apasionada que nos acerca a las luces y sombras de un genio atormentado, al que ni siquiera el éxito conseguirá sacar del pozo donde ha caído. El personaje de Charlie Parker lo interpreta de manera genial Forest Whitaker, que ganó el Premio al Mejor Actor en el Festival de Cannes en 1988. Por supuesto, más que nunca, hay que prestar atención a la banda sonora de la película.

UN DISCO: **Bird and Diz**, de Charlie Parker y Dizzy Gillespie

El trompetista, cantante y compositor Dizzy Gillespie es otro de los grandes mitos del jazz, que también se sintió tentado por los ritmos afroamericanos o por el jazz afrocubano. Ambos músicos se conocieron en un hotel de Kansas City y se pasaron horas y horas tocando en una habitación. Desde entonces, su colaboración fue muy estrecha. Se compenetraban de una manera sorprendente, y era tan grande su fusión que en los discos que grabaron juntos es imposible saber lo que aportaron uno y otro. Gillespie también aparece en la película de Clint Eastwood. En 1950 grabaron un disco legendario, *Bird and Diz*, con el saxo de Bird y la trompeta de Diz.

UN PAISAJE: **La ciudad desde la línea Circular**

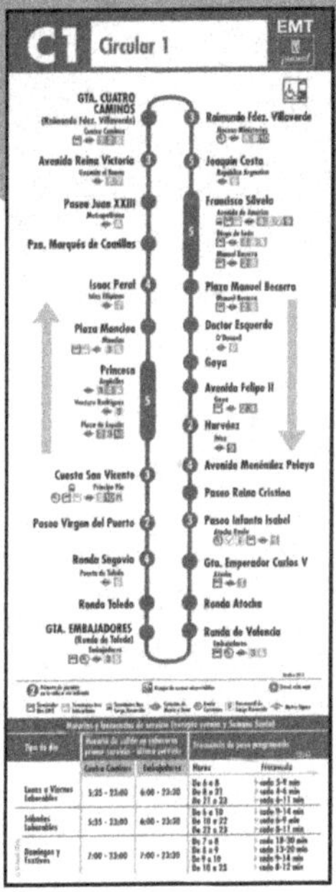

La ambientación de *Eskoria* es urbana; sin embargo, no se dice el nombre de la ciudad. Hay muchos lectores que han identificado la ciudad con Madrid, y quizá no les falte razón. Además, Madrid aparece en muchas de mis novelas. En el capítulo 8, Fede invita a Diego a que le acompañe en un extraño viaje: tomar el autobús de la línea Circular y dar una vuelta completa. Tardan dos horas aproximadamente, que les sirven para hablar, para conocerse mucho mejor. Y mientras, la ciudad, las diferentes zonas de la ciudad –a veces, más céntricas; a veces, más periféricas– van pasando ante ellos. A Diego le gusta la experiencia. Se da cuenta de que es una forma de aislarse de todo, de concentrarse en su mundo, de reflexionar, acunado por el traqueteo constante del autobús y por el subir y bajar de los pasajeros.

RECOMIENDO LEER...

Ray Bradbury

Murió hace poco, en 2012, a los noventa y un años, en California, donde vivió casi toda su vida. Es, en gran medida, un escritor autodidacta, que se formó desde muy joven leyendo vorazmente en las bibliotecas. Él descubrió algo que todos los escritores solemos repetir: la mejor escuela que existe para aprender a escribir es la lectura.

Aunque tocó muchos registros, es conocido por sus obras de fantasía y ciencia ficción. Es un maestro del cuento. Muchos de sus libros son recopilaciones de cuentos.

Se puede empezar leyendo *Crónicas marcianas* (1950). ¿Os imagináis el planeta Marte siendo colonizado por la Tierra? ¿Serán los terrícolas respetuosos con lo que encuentren allí, o simplemente querrán imponer su modo de vida y sus ideas?

El hombre ilustrado (1951) es una colección de historias entrelazadas. Hoy día parece que se han puesto de moda los tatuajes. Pues bien, imaginad a un hombre totalmente tatuado; pero cada tatuaje –que representa algo– está vivo en la piel de su cuerpo y nos va contando su propia historia.

Fahrenheit 451 (1954) es su novela más famosa. Guy Montag, el bombero protagonista, un personaje ya mítico de la literatura, está encargado de quemar libros, ya que estos están prohibidos en una sociedad donde el conformismo, la apatía y el poder de los medios son lo que predomina. Basada en este libro y con el mismo título, el director de cine francés François Truffaut hizo una película en 1966, también muy conocida.

La bruja de abril y otros cuentos. El libro reúne cuatro historias, que reflejan muy bien el universo literario del autor. Aunque el que da título al libro es «La bruja de abril», os recomiendo el primero, «La sabana». Cuando terminas de leer este relato, no sabes si has leído una historia fantástica o muy real, pero en ambos casos tienes la sensación de haber leído algo terrorífico.